KB118092

자면서도 다 듣는 애인아
김개미 시집

문학동네시인선 091 김개미

자면서도 다 듣는 애인아

시인의 말

홍곽을 뜯고 들어와
심장을 갈가리 찢어먹는
사랑스러운 파괴자 H,
당신의 소원대로
나는 미쳐가고 있어.
부디, 나의 불면이,
당신에게 위로가 되기를.
악마의 유전자를 가진 당신에게
이 시집을 바친다.

2017년 봄
김개미

차례

1부

울면서도 웃었어

한여름 동물원

안녕, 기억에 사로잡힌 앵무새야

안녕, 검은 바위에 꽃핀 이구아나야

안녕, 편도선이 부은 플라밍고야

안녕, 환청에 들뜬 원숭이야

안녕, 돌을 집어먹은 코끼리야

안녕, 눈동자에 시계를 가둔 고양이야

안녕, 버저를 눌러대는 풀매미야

안녕, 안녕, 안녕, 오늘의 태양을 기억해두렴

죽기도 살기도 좋은 날씨란다

재(災)의 자장가

창문을 열어도 바람은 없단다
일주일이면 어떻고 한 달이면 어떻니
밖으로 나가지 않아도 된단다
눈을 감으렴
꿈속에서 짖고 까불고 날아다니렴
그림자만 밟아도 아프지 않니
먹어보지 않은 약이 없지 않니
고통이 너를 삼켜
참을 수 없는 날이 오면
내 깃털을 뽑으렴
비통에 젖은 노래만이 심장의 피를 돌린단다
햇살 한줄기면 된단다
그것만 쥐고 있어도 눈이 떠진단다
돌을 씹던 날들을 잊어라
배란과 배설이 너를 놓아줄 때까지
사랑이란 젖니처럼 쓸모없단다
낮과 밤이 없는 여기선
죽는 날까지 열이 내리지 않는단다
칼날 같은 눈빛을 쉴 수 없단다
그러니 아가야,
기타 소리를 들으렴
아직 따뜻한 내 심장을 쪼아먹으렴

그 밤

그날
마당에서 주전자가 굴렀어
천장에서 그림자가 춤췄어
숨차지 않았어

그날
무를 먹고 있었어
내 머리통을 날려버릴 무를
피하지 않았어

그날
누군가의 손이 내 눈을 눌렀어
미어터지는 빛줄기가 예뻤어
울면서도 웃었어

그날
아빠 눈알이 뱅글뱅글 돌았어
엄마가 눈물 속으로 도망쳤어
나를 데려가지 않았어

그날
들깨밭에서 목침을 주웠어
도랑에서 시계를 건졌어

고장나지 않았어

그날
치마가 찢어졌어
발등에 감자만한 혹이 났어
아프지 않았어

그날
할머니가 문지방에 앉아 졸았어
이웃 사람이 입을 벌리고 있었어
아무 말도 하지 않았어

그날
내가 쥐고 있던 별이 죽었어
내 손가락을 잘랐어
아무도 몰랐어

검은 집의 아이

벽지가 곤충의 날개처럼 떨린다
벽지 속에서 흙 조각이 여러 개 떨어진다
아이는 흙 조각을 주워 밖으로 던진다
마지막 하나는 입에 넣는다

파리가 달려드는 눈을 동그랗게 치뜨고
천장을 올려다보는 아이
여긴 우리집이 아니야
여긴 쥐들의 집이야
언젠가는 고양이만한 쥐가 밥상에 뚝 떨어질 거야

쩐득한 흙물이 목구멍으로 넘어간다
아버지는 어디 있을까?
또 술을 마셨겠지?
언제쯤 올까?
오늘은 어딜 맞을까?

흙물이 방바닥에 떨어진다
자면 안 돼
자면 안 돼
죽어서도 깨어 있어야 해

바지 속에 손을 넣는다

점점 아래로 가져간다
죽은 줄 알았던 왼쪽 다리로 미세한 경련이 지나간다
발가락이 벌레처럼 꿈틀댄다

초인의 죽음

트럭을 타고
침엽수림을 헤치고 다닌 것이 몇 년째인가
흰 까마귀가 우는가
도랑물이 흐르는가
고무장화 밑에서 도끼가 들썩거린다

오두막 한 채 없는 숲속에서
반평생을 살아온 나는 짐승인가 귀신인가
아랫마을 바보가 나무에 깔려 죽던 날도
이렇게 하늘이 맑았었다

단풍나무가 핏물을 짜내는 지금
일곱 살의 내가 사는 고향에서
젊은 엄마가 광주리를 끼고 감자를 캔다
감자알마다 노을이 꽉꽉 들어차고
엄마한테서 노랫소리가 흘러나온다

평생을 불면증에 시달렸는데
그게 오늘에야 치료되는가보다
정신이 옹달샘처럼 맑은데
달고 차진 잠이 쏟아진다

울창한 숲이 무서운 적도 있었지만

대체로 찐득한 성기가
울퉁불퉁 바윗길을 즐기는 즐거운 나날이었다
자갈이 물을 먹고 우는 검은 계곡을
모터사이클로 건너가는 꿈을 꾸며
휘파람을 불지 않았던가

이제 안심해도 된다
전복된 트럭 밑까지 노을이 오지 않느냐
수염에 톱밥이 들러붙은 더벅머리 야수는 이제
거울 밖으로 추방되었다
어둠이 고이는 둥지 앞에서
새들이 집요하게 노래를 부른다

누구나 읽어야 할 책들을 무덤처럼 쌓아두고 사느니
아무것도 걱정하지 말자
붉은 구름은 머리맡에
배를 출렁이는 곰은 산 너머에 있다

모두들 나를 초인이라 하니
무엇이 부족하냐
어깨에 새겨넣은 첫사랑의 이름과
불을 붙인 담배 한 대
그것으로 기도는 충분하지 않느냐

덤불 속의 목소리

붉은 반점이 얼굴을 뒤덮고 나는 눈이 부셔. 그늘에 있어도 눈동자가 쪼개질 것 같아. 왜 태양은 면도칼을 들고 나를 찾아다니나. 나는 겨드랑이가 약해. 찔리면 오래도록 일어설 수 없어. 왜 나는 병들지 않았는데 아플까. 왜 죄짓지 않았는데 도망칠까. 하지만 걱정하지 않아. 나는 혼자서도 잘 노는 돌연변이야. 썩은 땅이 길러낸 생명체야. 나의 세포는 습기를 먹으며 미친 듯이 분열하지. 네 개의 다리는 거친 땅을 기지만 셀 수 없이 많은 나의 유전자는 햇빛을 가르고 하늘 높이 날아가지. 그러니 살아 있는 한 냉정해야지. 이마에 벌레가 떨어져도 코앞에서 악마의 입이 벌어져도 소리치지 말아야지. 내가 살아 있는 것은 내가 누군가의 심장에 뿌리를 박고 있기 때문. 그의 영혼을 줄기차게 빨아먹고 있기 때문. 자, 이제 휴식은 끝났어. 언덕을 넘어갈 시간이야. 눈을 감는 거야. 머릿속에 가득한 추상화를 헤치고 가는 거야. 온몸에서 돋아나는 더듬이를 믿어보는 거야.

편두통

나는야 배고픈 딱따구리지
당신 머리 꼭대기에 앉아 있지
당신 머리카락을 움켜쥐고 있지
상처투성이 당신을 쪼아먹고 있지
당신 머리통에 정 끝을 대고
망치를 두드리고 있지
나는야 부리가 무거워 고개를 들지 못하지
내 부리가 닿는 곳에 당신 눈동자가 있지
동그랗게 눈을 뜨고 아무것도 보지 못하는 당신
나는야 당신 눈동자를 파먹고 있지
당신 눈동자가 너무 굳어 한번에 삼킬 수 없지
나는야 날개가 굳은 딱따구리지
쪼아먹을 것도 없는 당신을 떠나지 못하지
당신의 퀭한 눈 어둠의 통로를 들여다보는
나는야 배고픈 딱따구리지
당신의 눈동자 하나로는 너무나 배고픈
나는야 당신의 딱따구리지

네 개의 심장

　스물몇 살 때 우리가 가진 거라곤 복숭앗빛 볼과 양말 뒤꿈치의 감자알 같은 구멍, 곰팡이 슨 냉동 커피, 그리고 유리창을 깨뜨릴 것같이 가파른 호흡이었다. 좁고 컴컴한 방에 우리는 분수에 맞지 않게 화려한 거울을 걸었다. 흰 장미가 둘러진 거울은 수은같이 탐스럽고 위태롭게 빛났다. 우리는 하루에도 몇 번이고 거울 앞에 서서 오지 않을 따뜻한 세계를 그려보았다. 가스 같은 입김이 흘러나왔다. 우리의 입술은 말린 표고버섯같이 거칠었지만 우리의 언어는 파티장을 뛰어다니는 연인들의 것이었다.

　노예같이 거칠었던 우리는 내어줄 것이 없어서 고래의 뱃속과도 같은 허기를 채울 수가 없어서 서로에게 서로를 먹여주기로 했다. 달아오르던 전기스토브. 토끼의 눈알과도 같이 붉은 불빛 아래 우리는 깡마른 척추를 구부려놓았다. 30년 만에 찾아온 한파가 유리창에 하얀 산맥을 만들고 우리는 소름에 전 옷을 입었다. 얼음같이 단단한 서로의 눈동자를 깨고 갈 수 없는 곳까지 헤엄쳐갔다. 우리는 가장 낮은 밑바닥에서 겨울을 나는 포유류. 선이 벗겨진 코드를 꽂으며 심장에 화상을 입었다. 우리는 그림자에도 심장이 있었다.

사촌

　오빠 가수가 될 거란다. 학교 운동장만한 무대에서 노래를 부를 거야. 물고기 같은 댄서들이 조명을 끊어내며 춤을 추겠지. 오빠 가수가 될 거란다. 여자 대신 기타와 사랑에 빠졌지. 배신이나 하는 여자보다는 온몸으로 우는 기타가 좋아. 하모니카도 여자보다 낫다는 걸 알아둬. 차갑긴 해도 외면하지는 않지. 오빠 가수가 될 거란다. 그러니 개울에 나와 앉아 아침부터 저녁까지 노래만 하는 오빠 이상하게 보지 마라. 오빠 가수가 될 거란다. 결혼도 하지 않고 아이도 낳지 않고 평생 노래만 부르다 영화처럼 죽을 거야. 폐병쟁이같이 창백한 얼굴도 꼬챙이에 찔린 듯한 눈빛도 빨대같이 가느다란 손가락도 베짱이처럼 게으른 천성도 오빠한텐 꼭 필요한 거란다. 하루종일 시냇물이나 들여다보고 휘파람이나 분다고 오빠가 논다고 생각하니? 오빠한텐 저주받은 예술가의 피가 흘러. 오빠 가수가 될 거란다. 오빠 잘 때도 노래를 부른단다. 꿈에서조차 목이 터지지. 오빠 가수가 될 거란다. 앞으로 영원히 방학만 계속된다 해도 레코드가게 하나 없는 이 촌구석으로 다시는 돌아오지 않을 거야. 오빠 가수가 될 거란다.

얼음 신부

단풍빛 노을이 동공을 빠져나가고
나는 어둠 속으로 사라지는 황폐한 풍경이 되어
집게발 같은 더듬이를 어기적거린다
당신을 기다리는 동안
순백의 드레스가 누더기가 되어간다
바늘 같은 속눈썹이 떨어지고
터진 눈알을 뚫고 새로운 눈알이 생긴다
뱃속에 파묻힌 돌덩이가 열다섯 개
나무토막이 스물일곱 개

다시 눈발이 날린다
언어를 잃어버린 혀가 차돌처럼 딱딱해진다
누런 갈대에 영혼이 팔린다
눈과 눈이 만들어내는 시꺼먼 얼룩
모래가시가 박힌 속옷을 입은
나의 소원은 하나
불구덩이가 있는 지옥으로 가고 싶다
당신을 오게 하려면
나는 아직도 더 절망해야 한다

가랑잎, 은혜로운 장난감

가만히 있어 무덤 속에서는
송아지를 낳은 암소처럼 얌전해야 해
자꾸 손 내밀지 마
마녀 같은 웃음소리 때문에
청설모가 놀라잖아
어제도 그제도 내가 죽었어
오늘은 네가 죽을 차례야
추위나 악몽 따윈 걱정하지 마
떡갈나무 속의 벌레처럼
눈을 감고 한 계절을 사는 거야
넌 바닥을 구르는 돌멩이
이끼가 내장을 돌아나올 때까지
네가 할 일은 흙속을 헤엄치는 것
아빠가 너를 때리지 못할 거야
엄마가 너를 더 사랑할 거야
나비처럼 쉽게 개울을 건너고 싶지?
누가 널 걱정할 거란 걱정이야말로 쓸데없는 걱정
도자기 같은 하늘이 어딜 가겠어
유리창 같은 냇물이 어딜 가겠어
눈이 오기 전에 네 가난한 허파를
건초 냄새로 채우는 거야
자, 네가 좋아하는 가랑잎이야
너를 웃게 만드는 무덤놀이야

봉인된, 곳

피 흘리며 날아든 곳. 옆방 보일러 돌아가는 소리가 꿈속으로 찾아왔다. 발코니에 사는 노란 별들이 강아지처럼 기어다녔다. 우리는 서로의 창자를 베고 누워 짐승의 울음소리를 들었다. 깃을 털다 깜빡 잠이 들면 낡은 침대가 우리를 태우고 날아다녔다.

빠진 발톱이 자라지 않았다. 상처가 낫지 않았으므로 배고프지 않았다. 서로의 부리에 급소를 물리고 행복한 우리들. 어둠은 상처를 덮는 완벽한 거즈였다. 따뜻한 맥박이 우리를 지켜주었다. 우리는 물 한 방울 없는 가슴 밑바닥에 서로의 이름을 심었다.

날개가 부러진 줄 몰랐다. 끌어안을수록 꺾인다는 걸 몰랐다. 종말을 기다리는 우리에게 사랑보다 급한 것은 없었다. 우리가 물고기라면 지느러미를 해체하고 부레를 터뜨려 영원히 거기 머물렀을 텐데. 머리가 으깨지고 눈알이 썩어도 좋았다.

우리 둘이 함께 있으면 아무리 추워도 얼음이 들어오지 않아. 그러니 꽃이 필 때까지 자도록 하자. 우리는 불을 켜지 않았다. 눈을 뜨면 어떤 괴물이 기다리고 있을까. 우리는 누구의 두개골에 고인 백일몽일까. 봄이 올 때까지 문을 열지 않았다.

실족

떡갈나무 아래 떨어졌어요
몸이 머리통을 팽개쳤고요
이마에서 소용돌이가 치고
나뭇잎이 까맣게 타들어가요
햇빛은 왜 뚝뚝 끊어질까요?
공중에 떠다니는 눈알 같은 무늬는 뭐죠?
내 눈동자를 한번 들여다봐요
금방 점심을 먹었는데 왜 벌써
주스 같은 노을이 번지죠?
근처에 온천이 있나요?
뒤통수가 따뜻해서 자꾸 잠이 와요
너구리가 다니는 길목에 누워 있다는 것이
그리 나쁘지만은 않군요
불안한 건 절개지에 튀어나온 돌이에요
내가 막 태어난 강아지 같겠죠?
그런데 나는 왜 행복할까요?
당신이 무료한 눈동자에 불을 붙이고
미친 듯이 숲을 뒤질 거란 생각을 하니
기뻐서 죽어가는 줄도 모르겠군요

야행성

채도를 잃어버린 후론 눈물이 나오지 않아요
머릿속으로 시멘트 반죽이 들어오지 않으면
바람이 조각칼같이 불어도 괜찮아요
기억나진 않지만 슬픔의 색깔은 찬란했을 거예요

유채색 옷을 입은 것들은 다 어디에 있나요?
그것들은 엄마가 죽는 꿈도 알록달록하겠죠?
고양이의 눈알이 벽을 뚫고 나오는 시간
감자 같은 달이 떴어요

차돌처럼 빛나는 우리의 눈동자를 봐요
숯보다 까만 날개를요
나무에 매달려 열매처럼 대롱거리던 시절은
우리의 것이 아니에요
우리는 처음부터 고아인걸요

머릿속의 개를 깨우지 않기 위해
어둠의 가지에 도사리고 앉은 우리는
한 쌍의 검은 유령

눈이 멀어가지만 괜찮아요
천국은 물론 지옥도 우리와는 상관없어요
머리맡에 검은 장미가 만발하는 오늘도

소문으로만 태양이 뜨고 져요

너보다 조금 먼저 일어나 앉아

썩은 달이 지고 징그러운 아침이야, 애인아. 바람을 신으로 모신 버드나무가 미동도 않고 신을 기다리고 쓰레기봉투를 쪼던 까치는 포클레인에 앉아 꽁지를 까닥거리고 있어. 단추알만한 까치의 눈 속에서 번뜩이는 건 그래, 벌레 같은 여름 태양이야.

난 아침이면 이런 생각을 해. 이마에서 수십 개의 뿔이 돋아도 즐겁다, 즐거워야 한다, 뭐 이런…… 안심해. 미치지 않았어. 최소한 네 앞에서는. 피곤할수록 눈동자가 살아나. 너에게서조차 위로의 속삭임이 오지 않으니 난 자주 눈알을 뽑아버리고 싶어.

거울을 빠개는 태양. 뽑지 않아도 저절로 눈알이 녹을 거야. 태양을 떨어뜨리고 싶어. 내 머릿속에 손을 넣어줘. 물파스를 발라줘. 부탁인데 입은 좀 다물어줘. 난 열린 문으로는 들어가고 싶지 않아. 난 순한 것은 즐기지 않아. 자백하는 것은 아름답지 않아.

자면서도 다 듣는 애인아. 우린 썩은 이마를 맞대고 살아온 거야. 날개라고 알고 있었지만 등뒤에서 나온 건 새싹이었어. 그러니까 우린 열매였던 거지. 더 썩을 일도 없이 썩은…… 혹시 넌 곰팡이를 키우면서도 누군가를 기다리니? 나 아닌 누군가를?

귀에서 한 바가지씩 물이 쏟아지는 요즘은 너도 의심스
러울 거야. 살아 있긴 한 건가. 우린 너무 오래 함께 있었
어. 같이 있어도 혼자인 우린 사라져도 사라지는 게 아니
게 된 거야. 우린 이제 창자를 꺼내 심어도 서로에게 뿌리
내릴 수 없어.

꿈에서라도 지붕을 뚫고 떠나. 썩은 생각만을 감싸는 두
피 따위는 벌레에게나 떼어줘버려. 외로움이 길면 면도날이
없어도 스스로를 해체하는 날이 와. 그러니 애인아, 엎드려
신께 경배하자. 드디어 우린 상처 없이 함께할 수 있게 됐
어. 할렐루야.

복숭아뼈에 고인 노을

하늘은 왜 붉은 잉크를 빨아먹는가
스물네 개의 사각형, 까진 창살 안에 갇혀 왜
유리창 두드리며 출렁이는가

지렁이는 왜 마당을 벗어나지 못하는가
흙이란 흙은 다 갖다 바르고도 왜
몸에 낀 반지를 빼내지 못하는가

모감주나무는 왜 뒤늦게 꽃이 피는가
검푸른 이파리들 뒤로 왜
왕관 같은 꽃대를 감추는가

달은 왜 벌써부터 나왔는가
곶감같이 찌그러진 얼굴을 하고 왜
측백나무 울타리를 기웃거리는가

나는 왜 개미들의 행진을 쫓아가는가
아무 일 없어도 왜 숨이 막히는가 왜
키스 없는 계절을 내버려두는가

검은 결혼

당신의 머리카락이 내 머리카락을 끌고 구석으로 가 오래
도록 떨어지지 않는다. 지상으로 난 유일한 창문에는 커튼
이 드리워져 있다. 우리는 작은 방에 엎드려 퉁퉁 부은 관절
에서 흘러나오는 반도네온 소리를 듣는다. 우리는 숨소리조
차 안으로 집어넣은 한 쌍의 검은 곤충. 동그란 눈동자를 물
려받았다. 잠이 들 때까지 찢어진 날개를 깔고 누워 우리가
하는 일은 눈동자를 달그락거리는 일. 다리를 떠는 일. 죽음
보다 무서운 악몽을 털어내는 일.

우리가 사랑하는 건 바다 건너 먼 이국의 담배. 우리는 밤
낮으로 겨드랑이 아래에서 피어나는 구름을 구경한다. 어질
어질 열에 들떠 그것을 뒤적인다. 그래, 우리는 검은 옷을 입
은 신랑신부. 반지에 핀 이빨 빠진 곰팡이가 손가락을 타고
손등으로 올라온다. 그래도 우리는 하얗게 웃는다. 지상에서
우리의 주소가 지워지고 마침내 잊혀져도 우리는 행복하다.
나이테를 뒤튼 앉은뱅이 의자가 영원히 우리를 축복한다.

우리는 상상으로 계절을 바꾸고 아이를 낳는다. 죽고 싶
어 하수구에 머리를 처박을 때도 있지만 그것은 무료함을
건너가는 흥겨운 유희. 우리는 스스로 방안에 약을 놓는다.
거품을 토하며 살아 있음을 증명한다. 우리의 죄는 맹독의
사랑. 썩은 해바라기 씨앗을 까먹고 서로를 파고든다. 변함
없는 태양이 무서워 지옥 같은 방에서 도망치지 못한다. 우
리는 마약 없이 환각에 빠지는 존재. 벽에 건 적 없는 추억
이란 액자 뒤에서 일그러진 환상을 토하며 산다.

어둠속의매장

커튼을걷는다고내가보이겠어요?
이불을걷는다고눈을뜨겠어요?
나는팔다리를잃어버렸습니다
내얼굴을기억하지못합니다
내가가진것은침묵입니다
나는돌이되려합니다
짓눌린심장을돌속에넣어두려합니다
그러니나를좀가만히놔두세요
켜켜이쌓인그림자를파헤쳐
나를발굴하려마세요
꿈을꾸어도눈동자를땅에묻어도
게발선인장붉은꽃은동공을쩌르고
상상속그의눈빛은나를결박합니다
뱃속을도둑맞은벌레들이
얼마남지않은내호흡을껴안고죽습니다
아득한곳에서전화벨이울립니다
오늘이며칠입니까?
내가아직살아있습니까?
그거거인발자국을데리고들이닥치기전에
당신도빨리이곳을떠나시기바랍니다
커튼은구멍난지오래고
오늘도돼지살점같은햇빛이
꼬챙이로머리를쑤십니다

언젠가나는그를낳은적이있습니다

평생

　　당신에게 저주를 퍼붓다 끝날 줄 알았어.

　　알코올이 당신에게 밤낮으로 기름을 부어 당신은 전쟁 없
는 평화로운 고향에서도 처절한 난민이었어. 황폐한 당신이
초점 없는 눈으로 허공에 끌려다닐 때도 나는 당신을 동정
하지 않았어. 당신은 내 어린 날의 무지개를 훔쳐갔고 내가
사는 집에는 좀처럼 해가 뜨지 않았어. 당신이 알아? 고드
름조차 떨어지지 않는 혹독한 겨울을. 옷 보따리를 껴안고
구부린 척추에 붙어 숨막히는 아이를. 나는 꿈을 꿀 때조차
깨어 있었어. 문밖에 귀를 걸어놓고 언덕에 올라와 쓰러지
는 귀신 같은 바람 소리를 들었어. 불안에 들떠 잠 못 드는
가랑잎들의 웅성거림을 들었어. 부엉이 울음소리가 가슴 밑
바닥에 쌓이고 나는 주먹을 쥐었어. 평생 당신을 용서하지
않을 거란 글자를 새기고 또 새겼어.
　　짐승 같은 당신 목소리가 언덕에 와 찢어지고 나는 용수철
처럼 꿈에서 튕겨져나왔어. 위경련을 앓는 엄마에게 누비옷
을 입히고 식은 방에서 잠든 동생들을 흔들어 깨웠어. 우린
쥐새끼처럼 눈만 껌뻑거렸어. 세 살짜리 막내도 여섯 살짜
리 여동생도 여덟 살짜리 나도 깡마른 엄마도 심장 소리 하
나만은 거인 같았어. 우린 침묵으로 입을 꿰매고 뒤란으로
갔어. 굴뚝 뒤로 갔어. 벌통 옆으로 갔어. 당신을 저주할 때
에도 별은 아름다웠고 우리는 북두칠성이 지워질 때까지 바
위에 앉아 있었어. 엉덩이가 스펀지같이 푹신해지고 관절이

고목처럼 얼어붙으면 아침이 왔어. 어떤 날은 눈이 오기도 ⎯
했는데 그땐 머리에 하얗고 따뜻한 털모자를 쓸 수 있었어.

  평생이 걸려서라도 당신을 용서하고 싶어.

⎯

즐거운 청소

언니, 저기 좀 봐
먹구름이 우물을 채웠어
우린 이제 구름을 길어 먹는 거야?
아이 웃겨라
개새끼는 왜 저래?
엎어진 대접 안에 뭐가 있다고
열심히 대접을 뒤집으시네?
손도 없는 주제에 지겹지도 않나?
엄마가 몰라서 그렇지 엄마가 알면
언닌 종아리를 맞을 거야
도대체 왜 빨래를 안 걷는 거야?
오늘도 안 걷으면
옷이 녹아 없어질지 몰라
언니가 빨래 담당이란 걸 잊지 좀 마
그런데 언니, 어젯밤에 비 왔어?
아궁이에 잿물이 한 동이나 고여 있어
킥킥, 행복한 건 쥐 가족들뿐인가봐
고양이만한 간을 달고 뛰어다녀
언니 언니, 저기 좀 봐, 장롱 옆
얼룩이 꼭 시조새 같아
싫어 싫어, 거긴 싫어
이불 밑의 엄마는 하나도 안 궁금해
죽었으면 어쩌려고 자꾸 나보고 보래?

2부

우선 좀 혼탁해져야겠다

고요한 봄

아무도 없어
마당은 바윗덩이 같은 그늘과
면도날 같은 햇볕의 소유
우린 들러리
영원히 신부가 되지 못하지

시계는 깨졌어
둥근 유리에 박힌 아카시아 가시 같은 실금도
새싹 같은 바늘도
결국 허깨비
시계 따윌 누가 봐?

무서운 건 쥐
쥐는 안 망해
할미꽃 뿌리를 던진 항아리 속에서
흰 구더기들만 죽어
고요하게 풀을 기르지

복숭아꽃이 피면 뭐해?
비료 포대에 담긴 언 감자가
썩은내를 풍기는데
벌들이 달보다 먼 곳에서 잉잉거리는데

대낮에도 귀신이 걸어다니는 이 집에서
우린 우리 일을 해야지
어제도 오늘도
누군가가 울 때까지
찌르고 때려야지

멍이 드는 건 괜찮아
고름이 출렁이는 귓속에서
뻐꾸기 울음이 피는
느리고 평화로운 시간이 무서워
무슨 일이 일어나야 안심이 돼

바위틈의 언니

　모르면 가만히 있어. 언니들이 내 등짝을 후려친다. 우리
는 저기 뭐가 있는지 안다. 언니들이 너럭바위에 손가락질
을 한다. 내가 바보인 줄 알아? 저건 돌배나무잖아. 작년에
저기서 돌배를 주워다 술을 담갔잖아. 언니들이 내 머리를
쥐어박는다. 넌 딱정벌레가 틀림없어. 어떻게 1년도 안 된
일을 까먹니? 역시 넌 우리랑 달라. 언니들이 건들거린다.
그럼 바위겠지. 나는 입술을 깨문다. 모르는 척하는 거니?
아님, 정말 모르는 거니? 멍청아, 어떻게 그걸 잊을 수가 있
어? 저 바위 밑에 엄마가 뭘 갖다버렸는지 생각해보란 말이
야. 언니들이 나를 끌고 간다. 하얗게 꽃 핀 감자순이 넘어
진다. 난 아기라고. 언니들이 돌봐줘야 하는 동생이란 말이
야. 나한테 이러는 건 나쁜 짓이야. 짭짤한 눈물이 입으로
들어온다. 저 바위 밑에도 너 같은 아기가 있어. 걔도 우리
들처럼 네 언니지. 엄마가 갖다버린 네 언니. 언니들이 운동
화 발로 나를 찬다. 언니들은 바보야. 나한테 언니들 말고
또 무슨 언니가 있다고 그래? 언니들이 나를 넘어뜨린다.
네가 멍청하게 자꾸 아빠를 좋아하잖아. 저 바위 밑에 있는
아기는 아빠 혼자만의 딸이라고. 생각 안 나도 할 수 없어.
태양이 내 이마까지 내려와 반짝인다. 바위틈에 그애가 입
고 있던 저고리가 있어. 아빠가 세 집 아래 과부한테서 얻
어온 그애의 옷 말이야. 나는 흙을 털며 일어선다. 알았어.
알았다고. 그런데 왜 나를 여기까지 끌고 온 거야? 엄마가
언니들이 한 짓을 알면 언니들은 저녁을 굶을 거야. 언니들

이 내 팔을 잡아당긴다. 엄마가 왜 너를 미워하는지 알아?
네가 그애를 닮았기 때문이야. 그애도 너처럼 쪼그맣고 볼
품없고 까맸거든. 죽기 전에 깨질 것같이 배가 부풀었었지.
엄마는 네가 아기여도 우리보다 너를 더 미워해. 우리가 나
쁜 짓을 해도 너를 더 미워해. 그러니 바위 안에 잠든 네 언
니를 불러보렴. 언니들이 바위 밑에 나를 밀어넣고 뒤도 안
돌아보고 뛰어간다.

높은 옥수수밭

옥수수밭이 산기슭까지 이어지고 동생과 나는
나무뿌리가 드러난 절개지에 손을 넣었다
깊이 집어넣을수록 젤리같이 고운 황토
우리는 집을 짓고 학교를 짓고
궁전을 짓고 병원을 지었다

노을이 우리의 손목에 붉은 수갑을 채우면
오솔길과도 같은 수백 개의 옥수수밭 고랑이
검은 아가리를 벌리고 으르렁거렸다
우리는 이상한 예감에 사로잡혀
노루처럼 귀를 세우고 떠들어댔다

뻐꾸기 울음소리는 옥수수밭을 넘어가지 못해
여긴 세상 끝이야
아무도 우리를 찾지 못해
뭐 하는지도 몰라
내가 너를 먹어도
네가 나를 죽여도

맞아, 우리 엄만 맨날맨날 누워 있어
그게 엄마의 일이야
천장을 쳐다보고 눈물을 줄줄 흘리지만
울지는 않아 죽지도 않고 자지도 않아

그러니까 우린 우리 마음대로 해도 돼
집에 안 가도 돼
지금 여기서 죽어도 돼

멀리서 저녁연기가 피기 시작하면
하얗게 늙은 엄마가 구렁이처럼 구불구불
옥수수밭 고랑을 기어올까봐
살아 있는 귀신이 우리 이름을 부를까봐
생기지도 않은 젖가슴을 후벼 꺼냈다

파란 명찰을 가슴에 단 날들
—영수에게

  씨발. 우선 좀 혼탁해져야겠다. 그러니까 너도 알다시피 심심할 새도 없이 얻어터지는 날들의 연속이었어. 어벙하게 바가지머리가 뭐냐고 터지고 깡촌에 살면서 쓸데없이 덩치가 크다고 터지고 눈빛이 이상하다고 터지고 입술이 순대 같다고 터지고 하여간 이유도 모른 채 터지는 날들이었어. 그래서 내가 육상부에 들어간 거 아니냐. 맞기 싫어서. 개떡 같은 선배들이 5교시 이후에 교실에 들이닥쳤잖냐. 육상부는 5교시까지만 하니까 육상부에 들어가면 맞지 않을 거라 생각했지. 근데 그게 판단 미쓰였지 뭐냐. 육상부 선배들이라고 주먹이 없었겠냐. 병신 천치들도 안 맞는다는 방학 때도 나는 맞아야만 했어. 육상부에 방학이란 게 있을 리 있겠냐. 뭘 자꾸 말하래? 한마디로 좆같은 날들이었지.

  소나무 우거진 강변? 왜 모르겠냐. 교련이랑 야외 수업하던 데지. 봄이면 넋 나간 할머니 내복 같은 진달래가 산을 뒤집어씌우고 초록빛 강물은 햇빛을 껴안고 굽이쳤지. 아름다웠지. 젠장, 하지만 누가 솔밭을 좋아하겠냐? 너 혹시 좋아하냐? 으슥한 데서 들키지 않고 맘껏 쥐어터지라고 하루하루 몸통이 굵어지던 빌어먹을 놈의 소나무를. 우리 동창 중에 소나무 좋아하는 놈 하나도 없을 거다. 그랬지. 라일락 향기가 온 세상을 뒤덮어도 우리는 휘파람을 불지 않았지. 신발을 구겨 신지도 바지 주머니에 손을 넣지도 않았지. 바람 쐰다고 돌아다니지도 않았고 껌을 씹지도 않았지. 우리는 감시당했어. 친척들에게서 받은 돈까지 죄 토해내는 형

편이었으니 말해 뭐하겠냐. 주머니가 투명 비닐이 아니었던 애는 없었을 거다. 우리는 망초 대궁처럼 아무 손아귀에나 잡히기만 하면 꺾이는 운명이었어.

학교에서 버스 정류장까지 걸어가는 그 짧은 시간에도 우리의 심장은 널빤지 위에 올려져 어쩔 줄 몰랐어. 맥박이 쥐의 맥박처럼 올라가고 침은 바짝바짝 말랐어. 어떤 날은 환청을 듣기도 했지. 생각만 해도 치가 떨린다야. 잠깐! 거기서! 라는 말. 우리를 공황 상태에 빠뜨리는 말. 죽여버리고 싶어. 개새끼들! 씨발새끼들! 잘나지도 못한 주제에 나이 더 처먹었다는 꼴같잖은 이유로 날뛰다니. 입술을 꾹 깨물고 있었지만 머릿속으로는 놈들에게 퍼부을 환상적인 욕을 생각하고 있었어. 찜 쪄 먹어도 시원찮은 놈들! 평생을 물에 담가 울궈도 썩은 물이 나올 놈들! 송장 옆구리에 붙은 진드기만도 못한 놈들! 더러운 손과 발이 우리의 얼굴을 강타했지. 아직 키스도 해보지 않은 여자애들에게까지 손을 댔어. 가진 거라곤 똥덩어리뿐인 깡통새끼들!

모두가 쉬쉬하는 날들이었어. 치욕의 날들이었어. 말하는 벙어리와 듣는 귀머거리가 쫙 깔린 날들이었어. 눈감은 선생들과 교복을 죄수복으로 아는 애들. 자기 자신에 관해 떠도는 소문은 까맣게 모른 채 팝송을 흥얼거리는 애들. 모든 것이 끔찍했어. 징그러웠어. 그런데 뭐? 그 시절이 그립냐고? 파란 멍을 명찰처럼 가슴에 달고 지내던 그 시절이? 그래. 그립다 그리워. 그리워서 한달음에 달려가고 싶다. 연

─ 탄집게를 벌겋게 달궈 그 잘난 놈들 눈알을 꾹 눌러주고 싶
다. 그런데, 궁금한 게 한 가지 있어 도무지 참을 수가 없네.
왜 수박씨를 먹어도 포도씨를 먹어도 나한테서는 싹이 나
지 않는 거냐? 너 혹시 아냐? 이런 거 묻는 내가 이상하냐?

─

해맑은 웅덩이

녹슨 꼬챙이 두 개를 먹었습니다
찌그러진 깡통도 한 개 먹었고요
병뚜껑도 다섯 개 먹었습니다
병 쪼가리는 무려 열일곱 개 먹었습니다
돌멩이는 셀 수도 없고요
당신도 이리 가까이 오기만 한다면
아프지 않게 한입에 먹어드릴게요
보세요, 이 골목의 하늘도 제가 접수했습니다

저기, 덤프트럭이 오는군요
순식간에 제가 납작해지겠군요
아니 잠깐 없어지겠군요
하지만 걱정하지 마세요
괜찮습니다, 늘 있는 일입니다
잠시 죽었다가 깨어나면 그뿐
나는 피 흘릴 줄 모릅니다
아파할 줄 모릅니다

무서워서 우리는

우리는 소리를 줄여놓고 음악을 듣고
음악 소리보다 더 큰 잡음을 듣고
뒷문 밖에서 시멘트 쪼가리를 벌리고
풀이 자라는 소리를 듣고

우리는 해충처럼 때 낀 발로
가지 말아야 할 곳으로 숨어들고
탐스러운 거미줄을 망가뜨리고
부지런한 곤충들을 으깨어 죽이고

우리는 낮은 목소리로 이야기를 하고
웃음이 나오면 재빨리 입을 다물고
이불 속에 까만 손을 집어넣고
금지된 것을 만지고

묵은 재 냄새가 나는 우리는
누가 잘못됐다는 말을 기다리고
죽은 우리를 누가 깨우러 올까 궁금해하고
쥐처럼 눈동자를 빛내고

녹슨 방

고요가 세상을 집어삼킨 거죠
어둠은 나를 창가로 이끌고
터질 듯 부풀어오르는 내 귀엔
어지러운 바람 소리
지친 영혼을 몰아가는
심장 소리뿐이죠
뒤척임에 긁히는 숨소리뿐이죠
수명을 갉아먹는
초침 소리뿐이죠

달이 세상을 사로잡은 거죠
누더기 요때기 뒤집어쓴 거지같은 달이
수챗구멍 안에 어둠을 쳐넣고 들여다보죠
내 눈엔 달빛 그물에 구멍 뚫는 고양이
움직이는 검은 반죽뿐이죠
빙점 아래를 떠도는
눈먼 낙엽뿐이죠
아프지 않고는 먹을 수 없는
무지갯빛 별들뿐이죠

절개지에 누워

놀라지 마
비행기는 찬호네 논에 떨어졌어
네 머리에 떨어진 건 흙덩이야
더러워지는 걸 겁내지 마
등짝에 뭐가 기는 것도 겁내지 마
무서운 건 그런 게 아니야

아무래도 넌
턱이 고장난 것 같아
입을 다물지 못하잖아
먼지는 먹어도 돼 해롭지 않아
아직 따뜻한 햇살이 네 배를 쓰다듬어줄 거야

잠들어도 돼
머릿속에 참나무 잎이 쌓이고
돌멩이가 꿈속으로 떨어지면 어때
걱정하지 마
한 대접 물을 마셨는데
어떻게 아침까지 자겠니

너도 궁금하지?
왜 저녁이 오기도 전에 밤이 오는지
왜 우리는 지은 죄도 없이

산으로 도망질을 치는지
왜 엄마는 볼일을 다 보고도
변소에서 나오지 않는지

누가 우리를 여기로 불렀을까?
네 그림자를 깨워 물어볼까?
비행기처럼 우리도 여기서 폭발할까?
그럼 다신 배가 아프지 않겠지
헛배가 부르지 않겠지

오늘은 울지 마
돌을 뛰어넘는 쥐들을 막아줄게
모래에 묻힌 네 더듬이를 찾아다줄게
너는 바위 밑에서도 눌리지 않는 아이야
너는 나의 곤충이야

비커

먼지 속에 앉아 있어
이곳은 밤낮으로 불이 켜져 있어서
시간이 가지 않아
노을 속에서 당신이 건네준 자갈
그걸 입에 물고서야 숨을 쉴 수 있었어

유리벽, 유리벽 또 유리벽
투명한 벽이 끝없이 이어지고
세르게이 트로파노프의 바이올린 소리가
심장을 긋고 다녀

가끔은
죽은 줄 알았던 내 가슴에도
누떼가 찾아와

죽었다가 살아난 느낌이야
용수철처럼 불안이 튕겨져 올라와
귓속에서 맥박이 뛰어
물방울, 물방울 또 물방울
맑고 아름다운 악마의 속삭임

잊으면 될 거야
혼자가 되면 평화로울 거야

당신이 유리 막대로 나를 휘휘 저어도
나는 안전할 거야
개흙투성이가 된 내 머릿속에서
오르골 소리가 날 거야

당신의 그림자 밑에서 썩어가고 있어
나뭇결 아름다운 바닥으로 내려가고 있어
불빛이 터지는 수면을 봐
하나 남은 내 검은 눈알을 띄워올릴게

우울한 토르소

아이들이 수시로 밥을 굶었어요
어떤 날은 며칠씩 과자만 먹었어요
동굴 속의 동물처럼 눈만 반들반들한 아이들
열이 펄펄 나고 몸이 덜덜 떨리면
아이들은 서로에게 물을 떠다 먹였어요
어른들이 없는 집에서 기다림에 지치면
벌레처럼 웅크리고 전화통을 붙잡았어요
아직도 꼬챙이로 가슴을 후벼파는 그 소리
엄마 언제 와? 엄마 언제 와?
고장난 텔레비전 퀭한 눈이 아이들을 돌봤어요
아이들은 심심해서 죽을 것 같았지만
나가 놀지 않았어요 엄마한테서 전화가 올까봐
곰팡이 낀 거실에 누워 구름을 구경하며
아는 노래를 모두 불렀어요 어떤 날은 집에 오다가
알지도 못하는 애들한테 각목으로 맞았대요
두피가 벗겨지고 피가 났지만
하룻밤 자고 나니 말짱하게 나았대요
휴일에는 애들 아빠가 아이들을 데리고 나가
갈비와 콜라를 사주기도 했나봐요
그런 다음날이면 설사를 했대요
죄 없는 아이들 천사 같은 내 아이들
사랑하는 남편과 아이들을 키워낸
내 사과 같은 가슴을 도려내던 그 여름의 일을

어떻게 일일이 다 말할 수 있겠어요?
아이들 얘기나 하는 수밖에요

목격자

황혼녘이었어. 어린아이를 업은 여자들과 굴렁쇠를 굴리는 아이들. 담배를 피우는 택시 기사들. 가로수들이 금빛 비늘을 다는 아름다운 시간이었어. 나는 자전거를 타고 거길 지나고 있었어. 읽다 만 책을 반납하려고 도서관에 가고 있었거든. 여느 날처럼 거리는 시끄러웠고 사람보다 잘 차려입은 개도 있었어. 그날도 애인과 함께 들어가고 싶던 그 호텔에는 아름다운 이국의 국기들이 나부끼고 있었어.

돌에 머리를 부딪치며 똑똑히 보았어. 깊은 호리병 속에 빨려드는 고요한 세상. 연기가 아름다운 자태로 승천하고 있었어. 살아 움직이는 눈부시게 흰 연기 사이로 누군가에게서 떨어져나온 팔과 구두를 신고 연기 사이를 미끄러지는 다리. 이해할 수 없는 포즈로 우체통에 걸쳐진 몸과 눈을 뜬 채 빌딩 벽에 부딪치는 머리. 그리고 피가 떨어지는 살 조각들. 그것들을 붙이고 살랑대던 나뭇잎들.

이제는 알아. 자동차도 날 수 있다는 것. 뼈와 살을 찢어버리면 사람도 날개를 달고 새처럼 가볍게 날아갈 수 있다는 것. 더이상 비참할 수 없을 정도로 비참해지면 그때는 강해질 수 있다는 것. 꿈꾸려면 거침없이 사라져야 한다는 것. 그러나 그전에 내 겨드랑이 밑으로 날아와 입술을 씰룩이던 눈이 검은 그 남자의 얼굴을 잊고 싶어. 황홀하게 일그러진 표정을 보기 하루 전으로 돌아가고 싶어.

1人의 방

유리창에 붙은 태양이
빛의 살점을 털고
나는 잠이 와요
벌써 시간이 이렇게 됐나요?
땅땅땅땅, 스팀이 들어오네요
왜 자꾸 입술이 마르죠?
내 숨소리가 긁히나요?
하지만 걱정 말아요
나는 돌을 채워넣은 자루니까요
발소리만 빨아먹고 살아도
배가 부르거든요
이걸 얘기해야 하나?
사실 나는 그림자의 애인이에요
종일 내 그림자에 안겨 살아요
냄새를 파내다 지치면
바닥에 귀를 갖다대고
박동을 꺼내들어요

정오의 축복

오늘은, 망해버린 회사의 상표를 단 냉장고가
갑각류 껍데기 씹는 소리를 내는 계절
어제 남긴 식은밥이 누룽지가 되어
양푼 안에서 딴딴해지는 계절
소리 없이 허공을 박음질하는 선인장이
흙속에 파묻은 대가리를 살찌우는 계절
킬라를 마신 파리가 두 눈 부릅뜨고 뱅글뱅글
죽을 때까지 팽이처럼 돌아가는 계절

여긴, 속이 허한 아이들에게 점심과 함께
욕과 노란 먼지까지 제공하는 특별한 별
트램펄린 위에 올라가 창자가 끌려나오도록 뛰고 또
모락모락 담배로 안개를 만들어도 시간이 남는 별
때때로 주먹 대신 머리로 벽을 들이받아야 하는 별
열 살 때까지 엄마를 언니로 알고 사는 희한한 별
스무 살도 안 된 소녀들이 서둘러 늙어가는 별
자신보다 빨리 자라는 배때기 앞에서 공포에 떠는 별

안다, 머리통은 열쇠 없는 자물통이라는 것
아무리 들쑤셔도 고통은 꺼낼 수 없다는 것
머릿속으로 자라는 뿔은 뽑히지 않는다는 것
울음은 허락되지 않는다는 것, 그러나 지금은 정오
돌멩이가 제 그림자에 뼈를 만드는 시간

병든 개가 턱뼈를 덜그럭거리며 운동장을 뛰는 시간
유리창에 모여든 아이들의 치아에서 간혹
새까만 침묵이 굴러떨어지기도 하는 시간 축복의 시간

하얀 밀림의 시간

우리는 유리창에 붙어 해를 기다린다
입을 꼭 다물어도 허연 입김은 주춤주춤
우리의 육체를 무너뜨리며 빠져나오고
우리는 곰팡이가 떠다니는 음습한 공기를 빨아들이며
콧구멍에서 불어나는 얼음덩어리에 몰두한다
얼음은 왜 자꾸 양말 안으로 들어오는 걸까
우리는 따끔하게 바늘이 꽂히는 발가락에도
정신을 집중한다 귓속에 켜진 메트로놈에 맞춰
발목을 까닥일 때마다 다각다각
돌멩이 구르는 소리가 난다
우리는 각자의 척추 속에서 빨간 귀를 문지른다
언 하늘을 붙들어놓은 팽팽한 전깃줄
그 줄을 움켜쥐고 터럭이 뽑힐 듯 짖어대는 까치들
그 검은 부리 안에서 불씨를 찾는 우리들
마침내 해가 떠오르고 유리옷을 입은 나뭇가지들이
굼벵이처럼 꿈틀꿈틀 시야를 뚫고 지나간다
10cm의 벽에 5m씩 6m씩 뻗어간 쥐구멍
우리는 저린 발을 그 속에 집어넣는다
동쪽 하늘에 구멍이 뚫리고
우리의 손을 묶어두는 주머니
그 속에서 사탕처럼 딱딱해지는 먼지 덩어리
그것을 주무르고 또 주무르는 우리들
우리는 누가 말해주지 않아도 안다

여름의 태양이 교문으로 들어선다 해도
우리의 심장에는 햇살 한 올 떨어지지 않으리라는 것
흐린 날에도 눈이 오는 날에도 우리의 임무는
해를 기다리는 것이라는 것
해가 떠도 해를 기다리는 것이라는 것

천변에 버려진 노을

너와는 상관없이, 저녁이 오고
노을은 면도날 입에 물고
서쪽 하늘을 썹어댄다, 알아?

너와는 상관없이, 바람이 불고
톱날에 목을 허락한 미루나무가
한 달째 냄새를 끄집어낸다, 알아?

너와는 상관없이, 자전거가 달리고
바구니에 담긴 개가 1초도 얻지 못하고
까만 눈동자를 흔들어댄다, 알아?

너와는 상관없이, 하루살이가 날고
노을 속으로 끌려가며 내 검은 동공에서
탈출구를 찾는다, 알아?

너와는 상관없이, 나는 천변에 나와
아가미 터지게 노을을 채워넣는
눈먼 잉어를 구경한다, 알아?

은밀한 장난

　새의 부리 같은 백합의 봉오리가 벌어지면 우리는 손을 잡고 아라비아 도둑처럼 살금살금 뒤란으로 갔다. 숨도 쉬지 않고 백합 안에 손모가지를 집어넣었다. 우리가 훔쳐낸 것은 흰 백합의 붉은 수술. 막 초승달이 떠오르는 우리의 손톱은 물이 잘 들었다.

　가슴에 봉오리가 앉지 않았으므로 우리는 아직 난쟁이였다. 백합은 커서 우리보다 훨씬 커서 우리는 백합을 나무라고 불렀다. 우리는 나무 그늘에서 공기놀이를 했다. 땅따먹기를 했다. 가끔 가슴에 손을 넣고 싹이 움트는지 확인했다. 오래오래 오줌을 누었다.

　벌들은 끝없이 우리의 귓속에 진동음을 털어넣고 칡넝쿨은 우리의 머릿속을 헝클어놓았다. 우리는 바위에 앉아 간지럼을 태웠다. 바람 말고는 들어간 적 없는 곳을 들락거리는 우리의 손. 얼굴이 벌게지면 고개를 떨구고 제비꽃을 따서 반지를 만들었다.

소행성 JK-326호

   그곳에 한 남자가 산다. 뼈가 휜 가슴에 새 한 마리를 품
고 산다. 그곳에는 노란 조명과 커다란 스피커와 낡은 가방.
가방 속에는 시집 세 권과 담요 한 장과 이어폰 두 개. 그의
가방은 그와 그의 새가 타고 다니는 비행기. 그는 가방 속에
새를 넣고 다닌다. 아무도 본 적 없는 새. 볼 수 없는 새. 독
일의 어느 소설가를 닮은 그와 그를 닮은 그의 새. 귀가 먹
어가는 그와 눈이 멀어가는 그의 새.

   그는 음악으로 밥을 먹는다. 조금씩 음악 소리를 키우며
산다. 멀리 날아가지 않는 그의 새는 그의 눈앞에서 조금씩
조금씩 눈앞이 흐려진다. 그는 새의 둥지. 그가 새를 안고
음악을 듣는다. 그가 눈을 감고 음악을 듣는다. 그의 속눈썹
이 창백한 그의 얼굴에 날개처럼 펼쳐진다. 그가 얼음같이
차가운 손으로 새의 가슴을 쓰다듬는다. 메마른 새의 가슴
에서 온기를 찾는다.

   그곳의 문은 벽보다 두껍다. 그곳에서 태어난 음악은 그
곳을 벗어나지 못하고 죽기도 한다. 그가 음악을 듣는다. 듣
고 또 듣는다. 그가 음악을 만진다. 만지고 또 만진다. 그는
세상의 모든 소리를 그곳에 가두고 혼자 듣는다. 아니, 새
와 함께 듣는다. 회전의자 위에서 그의 살이 짓무르는 동안
그의 귀가 지워진다. 그의 새가 그의 가슴에서 떨어져나와
책상을 돌아다닌다. 검게 변한 부리로 키보드를 쫀다. 그의

손바닥을 쫀다. 금방 그에게 돌아온다. 장님이 되어가는 새가 그의 무릎에 툭 떨어진다. 떨어진 다음에 날개를 편다.

그가 새를 달랜다. 가방을 연다. 플라스틱병에서 메밀을 꺼낸다. 그의 새가 메밀과 그의 손금을 쪼아먹는다. 그의 손바닥에 난 상처를 쪼아먹는다. 그가, 새를 닮은 그가, 새와 메밀을 나눠 먹는다. 그곳은 그의 행성. 그와 그의 새의 행성. 그곳에서 살아 있는 것은 음악. 나날이 자라는 음악. 옷을 갈아입는 음악. 그가 또 한 줌 메밀을 꺼낸다. 몇 시간째 의자에 앉은 그와 그를 회전하는 그의 새 대신 그의 신발이, 그와 새의 신발이, 뚜벅뚜벅 걸어다닌다.

해가 뜨지 않는 그곳에 눈물을 껴입고 사는 남자가 있다. 그가 사랑하는 새가 있다. 꼽등이가 그들의 유일한 손님. 노을이 번지는 빌딩숲 그늘에 그의 행성이 있다. 누군가가 꿈을 꾸다 버렸을지도 모르는 새가, 누군가가 술병 속에 구겨넣었을지도 모르는 새가, 장님이 되어가는 새가, 그의 가슴에서 음악을 듣는다. 벽에 핀 붉은 조화가 그의 등 뒤에서 시든다.

자정의 산책

병든 달이 키워내는
캄캄한 그림자들
건드리기만 하면 눈동자에 감은 팽팽한 빛의 올이
튈 것 같은 새끼 고양이가
죽어가는 어미 뱃구레에 꼭 붙어 있다
신음을 토하지 못하는 썩은 목구멍

자주색 사자가 입을 벌리고 지키는 대문
저 안쪽에는
벽에 관절을 가는 미친 여자가 산다
얼마 전 문간방에서는 죽은 지 열흘도 넘은 노인이
번쩍 눈을 뜨고 다시 살아나고 싶을 정도로
파리에 시달리고 있었다

은밀한 곳까지 파고드는 모기
너도 돌아버리고 싶겠지?
악취 나는 하수구에 떨어져
거품을 껴안고 죽고 싶진 않겠지?
머릿속에 펼쳐진 수만 평 꽃밭이
눈앞에 올 때까지 걸음을 멈추지 말자

이 길 끝에는
불타버린 야산

나무와 벌레들의 무덤이 있다
사과만한 별들이 입을 쩍쩍 벌린다
검은 하늘에 이마를 박고 발버둥친다

화장

아이들이 몰려갔다
물방울이 죽죽 금을 긋고 떨어지는
산기슭 비닐하우스 산판쟁이* 마누라 그 여자 집에

그 여자가 나를 골랐다
쫙 벌린 두 다리 사이에 오리 새끼 같은 나를 가둬넣고
껌을 쫙쫙 씹었다

눈알이 반들반들한 아이들
밥 먹으러 가는 것도 잊어버리고
침을 꼴깍꼴깍 삼키며 나를 쳐다봤다

붓을 들고 내 눈썹을 그리는 그 여자
칸나같이 빨간 입술을 꼭 돌려 다물었다
파마머리 아래서 찔레 열매 같은 귀고리가 달랑거렸다

동그란 거울 속에서 그 여자가 말했다
봐, 얼마나 예쁘니?
너 나 따라갈래?

아이들이 나만 따라다녔다
내 손을 잡고 놓아주지 않았다
내 주머니에 자꾸 사탕을 넣어줬다

그 여자 뽀족한 웃음소리가 심장을 뚫고 들어왔다
눈을 감아도 그 여자 빨간 입술이 보였다
토끼처럼 얕은잠을 자며 꿈을 꾸고 또 꿨다

너 나 따라갈래?
나 따라갈래?
갈래? 갈래? 갈래?

그 여자 밤새도록 꿈속에 나왔다
머리를 질끈 동여매고 매니큐어를 발랐다
검은 이불 밑에서 눈을 감고 나 혼자 몰래 울었다

* 벌목꾼.

봄날은 평온하고

손수건만한 햇빛이 집안을 돌아다녀요
내 손목에 올라앉아 맥박을 끌어올려요
햇빛을 따돌리기 위해 잠을 청해요
밝은 건 무섭거든요
햇빛은 헤어진 애인만큼이나 질겨요
꿈속까지 따라와 눈동자를 파가요
음지식물 같은 나한테 안아달래요
나는 오래전에 늙어버렸는데요
따뜻한 걸 가지고 지옥으로 갈 순 없어요
햇빛 쪼가리가 흉곽에 쌓이는 날은
죽은 줄 알았던 나뭇가지에서
연초록 부리들이 벌어져요 머지않아
스스로 맺은 열매 때문에 골치가 아플 나무들
천장에서 둔탁한 충돌음이 들려요
휴대폰은 새로운 경련을 시작하고요
왜 쥐알만한 아이들이 머리가 아플까요?
왜 핀셋은 평생토록 상처를 먹고도
구급함을 열 때마다 아가리를 쩍쩍 벌릴까요?
태양이 높이 떠오르니까 갈 곳이 없네요
내게 그림자를 조금만 더 덮어주세요

3부

소리에도 베인다는 말

달

머리통 같은 달이 뜨고
누군가 랜턴으로 우물 속을 비춰요
거미줄 많은 마루 밑을
잿가루 날리는 여물통을

불빛이 허공을 파며 경련하고
엄마가 개울가로 달려가요
상수리나무 그림자가
흉측하게 일그러져요
엄마가 돌부리에 걸려요
도랑에 빠져요

다치지 않는 엄마
춥지 않은 엄마
너울거리는 입김을 잘라먹는 엄마
귀신 같은 엄마

마른 풀줄기가 하얗게 꿈틀거려요
몽유병에 걸린 내가
얼어붙은 동공 앞세우고
랜턴불 안으로 들어가요
막 솜털이 나기 시작하는 버들강아지와

베갯속에 파묻은 말

도둑질은 괜찮아
아픈 게 나빠

엄마처럼 되긴 싫어
아편을 맞고
실이 풀린 눈동자를
요강에 빠뜨리긴 싫어

파뿌리 같은 금침을
정수리에 맞으며
뚝뚝 눈물을 흘리긴 싫어

온 동네 뱀을 다 고아먹고도 낫지 않으면
엄마처럼 될 테니까
그늘 속에서 서서히 박제될 테니까
자다가 목이 졸릴 테니까

죽는 건 괜찮아
아픈 게 나빠

나무 위의 아이

이젠 밤이야
모든 것이 잠이 드는

집이 어둠 속으로 침몰해간다
지붕을 넘어갔던 새들도 다시 오지 않는다
나뭇가지를 밟은 아이의 맨발이
하얗게 빛난다

저긴 악마의 서식지야
어제 잡아먹은 아이를 오늘 또 잡아먹는 악마가 살아

아이는 미동도 않고 집을 내려다본다
아이의 입에서 몽글몽글
흰구름이 피어난다

어둠은 무섭지 않아
언젠가는 나를 받아줄 거야
여기서 뚝 떨어져도 아무렇지도 않은 날이 올 거야

악마의 아내가 문을 열고 나와
아이를 찾는다
그녀를 따라나온 불빛이 언덕을 내려간다

더 기다릴 거야
여긴 춥고 외롭지만
아무도 본 적 없는 아름다운 천사들을 만날 수 있어

나뭇가지 사이로 옥수수 알갱이 같은 별이 뜬다
황폐한 언덕의 주인인 바람이
아이의 이빨 사이사이를 행차하신다

무료한 아이들

수업이 끝나도 우리들은 돌아가지 않습니다. 둘씩 셋씩 모여 지루함을 나눠먹어야 하니까요. 바이올린을 껴안고 첼로를 껴안고 거울 앞에 앉아서 누구나 다 아는 비밀 얘기를 속닥거려야 하니까요. 입김으로 거울을 포장해놓고 콩콩콩 냄새를 맡아야 하니까요. 비밀이 소문이 되어 너덜너덜해질 때까지 당신도 같이 놀아보지 않을래요? 맛있게 맛있게 맛있게 냠냠냠.

공부가 싫어도 우리들은 돌아가지 않습니다. 더이상 지우개는 필요하지 않습니다. 우리는 볼펜 하나면 충분합니다. 그걸 주먹 위에 올려놓고 하루종일 빙글빙글 돌릴 수 있으니까요. 예상하셨겠지만 우리는 이제 괄호가 무섭지 않습니다. 좋아하는 숫자를 써넣은 다음 구름과 풍선이 둥둥 떠다니는 머리통을 감싸쥐고 신음하기만 하면 되니까요. 목요일 저녁의 엄마처럼.

미쳤어요? 무엇 때문에 교문 밖으로 뛰쳐나가겠어요? 칼로 그은 책상이 여기 있는데요. 하루종일 걷어차도 멀쩡한 의자와 함께 말이에요. 요즘엔 모락모락 김이 나는 공짜 점심까지 준다니까요. 잔소리하는 사람도 없고 밥맛이 아주 좋습니다. 하지만 무엇보다 좋은 건 찔러댈 때마다 자지러지는 옆구리들이 얼마든지 있다는 거예요. 우린 그저 딴청을 부리기만 하면 돼요. 졸린 개처럼 멀뚱멀뚱.

맞아요. 호기심이 왕성할 때예요. 우린 궁금할 따름입니다. 왜 아무때나 한숨을 푹푹 쉬게 되는지. 왜 돌멩이를 걷

어차게 되는지. 왜 사타구니가 손을 끌어당기는지. 왜 심장
은 다리가 아닌지. 왜 눈을 감아도 머릿속을 들여다볼 수 없
는지. 왜 잠들어도 죽지 않는지. 그렇죠. 궁금증이 키보다
빨리 자라죠. 매일 한 가지씩 시시한 것들이 생겨요. 그러니
공벌레처럼 혼자서도 똘똘똘 뭉칠 수밖에요.

지옥에서 온 겨울

창문을 열고 밖을 내다보았다
맨발로 타일 바닥에 서서
하천을 내려다보았다
눈보라 속에서 뒤척이는 오리들 오리들

주먹만한 눈송이가 이마에 와 터졌다
얼굴에서 으깨지는 눈송이
먹물 곰팡이가 피었다
내 동공 근처에서 떠다니는 곰팡이

눈꺼풀 너머 다람쥐 같은 아이가 있었다
화장실을 들락거리고 있었다
어떻게 해야 여길 빠져나갈 수 있겠니?
어떻게 해야 잠이 들 수 있겠니?

혈액이 딸기잼처럼 뻑뻑했다
심장이 가슴에도 팔에도 머리에도 있었다
누군가의 절망은 누군가에게는 쇼라는 것
나는 실패 전문이라는 것

눈보라가 안방까지 휘몰아쳤다
입김을 머플러처럼 두른 아이가
거실에 얼어붙어 있었다

흰 눈꺼풀 너머 다람쥐 같은 아이가 있었다

잔인한 동거

　동이 트기 직전 유령 같은 당신이 휘청휘청 집으로 돌아온다. 맑은 영혼이 고이는 시간에도 당신은 몽롱한 사람. 달그락달그락. 당신이 현관에서 길을 잃고 헤맨다. 당신은 태양을 피해 숨어 다니지만 그 시간에 가장 예민한 나는 머리 꼭대기까지 이불을 끌어올린다. 그 얼굴이 보고 싶지 않다. 숨소리가 듣고 싶지 않다. 당신이 기쁠 때도 슬플 때도 나는 구겨진 종이처럼 쓸모없었다. 침대 모서리에 매미처럼 붙어 불안한 잠을 연명했다.

　나의 역할은 눈코입이 없는 구슬. 차이고 밟혀도 명랑하게 굴러다니는 것. 나에게는 깨지는 것도 금가는 것도 허락되지 않았다. 당신이 문을 닫는다. 나는 문틈에 촉수를 끼워 넣고 대낮처럼 환하게 각성된다. 당신의 평안한 잠을 위해 피아노 열쇠 구멍으로 들어가는 나. 옷장 뒤로 굴러가는 나. 변기 위에 둥지를 트는 나. 당신은 잘 때도 포효하는 사자. 으르렁거리는 호랑이. 나는 아프지 않아도 병든 새. 숯덩이 그림자를 키우는 가축.

　이 운명은 누가 쥐고 있는 패인가. 우리가 서로 사랑하던 한때 가출이라는 당신의 고질병이 도지면 나는 당신이 어디 있는가 궁금하여 당신이 죽기를 바란 적도 있었다. 그러나 지금은 치욕의 시간. 나는 내 자궁 속으로라도 들어가고 싶다. 매 순간 나를 살려내는 징그러운 맥박을 가위로 잘라버리고 싶다. 왜 당신은 나를 이토록 얇게 눌러놓는가.

사구(砂丘)

목마른 태양이 나를 넘어간다
구름 그림자가 나를 넘어간다
검은 먹물 한 모금씩 문 발자국 찍으며
낙타 행렬이 나를 지나간다
순례 행렬이 나를 지나간다
도마뱀아, 옆구리를 찢어다오
전갈아, 살갗을 쩔러다오
바람이 내장을 파고든다, 나는
죽은 듯 웅크리고 있으니
나를 밟고 가는 그대
염려하지 마라, 나는
뼈가 없는 괴물이다
무너지지 않는다
다치지 않는다

우리는 눈꽃과 같이

우리는 손을 잡고
바위틈에서 잠드는 존재
새의 깃털 같던 심장이
동물의 배설물처럼 얼고
바람이 고목나무 뿌리를 흔드는 날에도
꼼짝하지 않는 존재

이리 와, 내 겨드랑이 아래로
우리를 다치게 하고 왜 햇빛은
휘지도 부러지지도 않는 걸까?
알아
뜨거운 것은 해롭다는 것
원해
가랑잎 한 장의 그림자

검은 하늘에 팥알 같은 별이 떴으니
피를 얼려 시간을 늦추자
차돌 같은 잇새에 어둠을 물고
심장을 맞대자
호박같이 따스한 불빛은
먼 곳에서 빛나게 하자

네 곁을 떠나지 않을 거야

네 손톱이 내 손등을 뚫고 나오도록
더 세게 손을 잡도록 하자
네 곁에서 내 모든 살점을 발라낼 거야
사라져 너를 데리러 올 거야

열아홉

머리통이 그대로 익어 한 덩어리 수박이 될 때까지
철봉에 거꾸로 매달린다
막대기로 교문을 때리는 아이들
텅텅, 쇳소리가 산을 때리고 돌아오고
구름은 파란 통 속에 빠져 출구를 찾아 헤맨다

고치 속의 누에가 되고 싶다,
완전히 다른 존재가 되고 싶다,
눈 속에서 피어나는 어지러운 꽃과
악령처럼 찌그러지는 등고선

여름이 되기 전에 바다에 뛰어들었으니
이번 여름은 필요치 않다, 나는
나를 파기하고 싶다, 아니
폐기하고 싶다,

종일 머릿속에서 뛰어노는 미친개
너도 이 세계를 뒤집어엎고 싶으냐,
저 평온한 하늘의 낯짝에
모래를 끼얹고 싶으냐,

창자에 든 비명을 끌어낸다
엄마는 왜 아파야만 하는가,

왜 중풍이나 지랄병처럼
누구나 아는 병을 앓지 못하는가,

이마가 터질 듯이 피가 몰린다
따라라라 따라라라, 휴일에도 시간 맞춰 울리는
수업 종소리
어둠 속으로 간 누에는 얼마나 고독할까

반인반수의 시간

계단을 뛰어올라가야 조금 안심이 되었다
피곤이 몰려와야 두려움을 멀리 둘 수 있었다
생명이 떠나간 덩굴들이 현관까지 따라왔다
심장이 제자리로 돌아오기 전에 벗어두고 나간 가죽을 뒤
집어썼다
나른한 하품이 머리 위로 찾아오면
당나귀 귀 같은 두 귀가 움츠러들며 접혔다
갈퀴손을 겨드랑이에 찔러넣고 어둠의 냄새를 맡았다
도무지 알 수 없는 것들 어둠 속에서도 사라지지 않는 것들
왜 사람마다 밤의 길이가 다른가
내가 악마의 딸이 아니라고 누가 내게 말해줄 것인가
견딜 수 없을 때마다 화분의 흙을 집어먹었다
꺼내볼 수 있는 것은 출구를 잃어버린 거미와 멈춰버린
시계
저벅저벅 방안을 거닐다 창밖을 바라보았다
왜 날카롭지 않은 불빛은 없는가
왜 움직이지 않는 그림자는 없는가
무심코 거울을 보면 거기
검은 털가죽 속에 두 개의 눈동자가 숨을 몰아쉬고 있었다

공이 떨어진 정원

우리 둘이 하나의 공이 되면 별이 빠져나간 구멍으로 들어갈 수 있을 거야. 나는 너를 기어오르고 너는 나를 기어오르고. 아니, 나는 너에게 깔리고 너는 나에게 깔리면 밤마다 비명이 올라오는 저 불길한 구멍을 틀어막을 수 있을 거야. 저녁마다 나는 황혼이 물든 벽에 이마를 찧지 않아도 되고 너는 맨발로 낫을 휘두르며 숲으로 뛰어가지 않아도 돼. 휘어져 밑으로 밑으로 내려가는 저 구멍 안에는 말하는 조약돌이 숨쉬고 있어. 서로에게 팔과 다리를 바치는 거야. 저 안은 너무 캄캄하고 좁아서 시간이 존재하지 않아. 우리는 안고 있기만 하면 돼. 원하지 않는 파티에는 가지 않아도 돼. 서로의 가슴에 귀를 대고 부정맥을 듣다 심심하면 애써 가꾼 정원에 불이 붙는 상상, 잘 익은 해바라기 씨앗이 새에게 털리는 상상, 19년 된 달리아 알뿌리를 옆집 여자에게 도둑맞는 상상 같은 걸 하는 거지. 바닥없는 바닥이 진정한 바닥이야. 두 눈을 감아. 손목에서 튀는 맥박을 내 등에 얹어. 원하는 세계를 고르기 위해 번데기처럼 잠을 잘 필요 없어. 그림자를 보살피기 위해 한밤중에 일어나 불을 켤 필요 없어. 유령나비처럼 아침부터 취해 햇빛 속을 비틀거릴 필요 없어. 자, 손가락에서 뿌리가 나오도록 나를 꽉 껴안아. 이대로 온몸으로 전진하는 거야. 빨간 저 공을 봐. 저게 정말 하나라고 생각해?

감자꽃은 수줍음 많은 별

노을이 감자꽃을 물들이기 시작하면
우리는 이유 없이 배알이 꼬였다
지겟작대기로 뱀을 희롱했다
우연히 우리 앞을 지나가던 뱀은
영문도 모른 채 찔리고 피 흘리고
돌에 짓찧이는 최후를 맞아야 했다

우리는 밤에도 자지 않았다
들고양이처럼 밭둑길을 오가며
술래잡기에 열을 올렸다
찾다가 지쳐 화가 난 술래가 돌을 던져도
우리는 감자밭에 이마를 심고
일어나지 않았다

하늘의 별을 위해 어둠에 묻히는 감자꽃
누군가 오줌이 마려우면 우리는 단체로
깝대기를 까고 앉아
별을 올려다보았다
잡힐 듯 내려와 있던 별들
비행기를 타본 적 없는 우리는
별들의 제단에 바쳐진 제물인지도 몰랐다

우리는 우리의 심장이 들쥐의 것인 줄 모르고

여우처럼 떠들어대고 늑대처럼 뛰어다녔다
우리가 가진 건 인디언 아이처럼 반들거리는 눈동자
감자처럼 뽀얗게 터지는 속살
우리는 무더기 별빛을 털어먹으며 자랐다

뱃속에서 기생충이 홰를 쳐도
몇 달씩 엄마가 돌아오지 않아도
아버지가 약을 먹고 눈을 뜨지 않아도
우리의 놀이는 멈추지 않았다
우는 법을 몰랐으므로
우리는 위로를 구걸하지 않았다

그 작고 외진 별에 밤낮으로 별이 떴다

나는 로봇

햇볕 쪼가리가 옆구리를 찔러요
뱃속에서 기계음이 들리고요
알죠? 피곤한 것 너무도 피곤한 것
피곤해서 도무지 잠이 오지 않는 것
눈을 뜨고 악몽을 꿔요
머리로 식탁을 내리쳐도
벽돌로 머리를 내리쳐도
제기랄, 왜 기절하지 않을까요?

전투기는 구름 속에 대가리를 처박고
지나간 시절의 어떤 시인은
가스레인지에 대가리를 처박고
나는 손톱 밑에 대가리를 처박아요
녹슨 족집게로 가시를 집어내며 중얼거리죠
그 인간을 집어내고 싶다,
눈동자에 붙은 모래 알갱이를 집어내고 싶다,
한 알 두 알 세어보고 싶다,

몸이 녹아 액체가 될 것 같아요
방향을 잃은 바람과
덜그럭거리는 심장
눈앞을 지나가는 벌레는 그렇다 쳐도
왜 머릿속에 고이는 그림자는

시들지 않을까요?

다시 태어나도
다른 사람으로 태어나도
또다시 강하고 싶겠죠
나를 분해해서라도
엉킨 선을 풀고 싶겠죠
이리 와볼래요?
내 등에 감긴 태엽을
어떻게 좀 해주지 않을래요?

노을을 바치는 제단

고추 자루가 쌓인 다락에서 우리는
오줌을 참아가며 일기를 썼다
쥐똥은 구석에서 보석처럼 빛나고
우리들의 발치에는 책받침만한 창문
마당가 댑싸리가 무섭게 자랐다

하루에도 수십 번 우리의 손바닥 안에서
날개를 달고 부활하는 공기알
우리는 자진해서 벙어리가 되었다
노을이 천장까지 차오르면
독버섯처럼 빨갛게 물드는 귀

우리의 몸은 가랑잎처럼 가벼웠지만
사슴 같은 우리의 눈은 표류하지 않았다
네 말간 눈에서 조약돌을 주울 수 있다고 느낄 즈음,
너는 등을 구부리고 말하곤 했다

우리, 여기서 나가지 말자
밥도 먹지 말고 학교도 가지 말자
우리가 죽기 전에는 아무도 우릴 찾지 않을 거야
우린 투명인간이야
죽은 다음에나 보이겠지

우리는 지옥에서 손을 잡고
천국을 엿보는 아이들
모세혈관이 노을까지 뻗어 있었다

개미귀신

내가 가진 유일한 도구는
정적이 귀를 파먹는 시간
내일 가슴이 찢길 애인처럼
그대들이 끌고 다니는 그림자는
화려한 유물이 아닌가
수백 알 모래가 자리를 바꾼다
나는 천장이 무너지는
수렁을 즐긴다 세상 밖으로
다리 한 짝 내놓지 않는다
모래 속에 파묻은 내 뜨거운 호흡은
죽은 그림자도 잘근잘근 씹어 마신다

아사(餓死)

치매에 걸린 지 몇 년째인가. 그 자신도 모른다. 치매에
걸렸으므로. 그런데 왜 산속으로 들어왔을까. 해가 뉘엿뉘
엿 지기 시작한다. 보이지는 않지만 가까운 나무 어딘가에
서 뻐꾸기가 목을 딴다. 꽃 핀 자귀나무가 지상과 하늘 중간
쯤에서 바람을 타고 논다.

머릿속에 맑은 물이 고인다. 그렇다. 그는 지금 산중에 있
다. 혼자다. 벌써 여러 날 이곳에서 노을을 맞이했다. 그가
기대앉은 고목의 뿌리가 붉게 타는 것을 여러 차례 목격했
다. 새참 바구니를 머리에 인 여자를 따라오지 않았던가.

고목에 기댄 그가 고목이 되어간다. 따가운 갈증과 쏟아
지는 잠. 그를 고목으로 생각하는 건 그만이 아니다. 다리가
많이 달린 벌레가 코로 기어든다. 벌레를 쫓을 힘이 없다.
눈을 감을 수 없다. 그가 움직일 수 있는 것은 바람에 펼쳐
지는 머리카락뿐.

발목을 조이던 통증이 약해진다. 나뭇잎을 따먹으며 어둠
이 온다. 그의 소원은 하나. 그를 갖다버린 불치의 병이 더
욱 위독하기를. 아름다운 결말이란 없다. 그를 발견할 약초
꾼은 며칠 후에나 올 것이다. 그의 눈앞에 어둠이 갈기를 휘
날리며 달려온다.

노란 전구, 끄지 않은

지하실에 갇힌 거미가
쉬지 않고 거미줄을 쳐요
부지런한 거미가, 배가 고픈 거미가
얼마 남지 않은 공간을 거미줄로 채우면
그다음에 거미는 무엇을 해야 하나요?

거미줄, 빛나는 황금 둥지 안이
나의 집이죠
어제처럼 오늘도 나의 놀이는
자루가 긴 곡괭이와 털이 뭉친 페인트 붓,
바닥에 떨어진 장도리를
어둠이란 서랍 속에 넣었다 꺼내는 것

하지만 아무리 심심해도
햇빛을 본 적 없는 검은 얼룩이
부어터진 입술을 찢어
냉장고를 삼키는 장면은
이제 그만 보고 싶어요

그림자들이 벽을 긁으며 자라고
고열은 내리지 않죠
찬바람이 나를 흔들어 깨울 때마다
심장이 터지도록 계단을 뛰어올라요

거기, 누구, 없어요?

땅속의 방

별빛은 왜 날카로운가.
달은 자귀나무 그림자를 어디에 쌓아두는가.

모래 알갱이가 떨어진다. 벽지 안 시멘트 벽을 긁어내린
다. 검게 빛나는 벽. 곰팡이 냄새와 습기. 똑똑. 물방울이 떨
어진다. 입을 찧고 죽어간다. 어둠 속에 몸을 빠뜨린 고양
이가 소리를 끌고 간다. 창틀에 끼워진 귀뚜라미 울음소리
가 신경을 찔러댄다.

더는 듣지 않을 거야,
더는 믿지 않을 거야,
가진 거라곤 급소뿐이라는 말,
소리에도 베인다는 말,

누가 어둠 속에서 눈을 뒤집는가. 누가 쇠막대기를 끌고
자정을 지나는가.

즐거운 수감

굽이치는 강줄기 채찍이 되어
숲을 휘감는 원시림에 나를 수감하라
덤불을 덮어쓴 나무들
빛을 향해 고개를 쳐드는 밀림 깊숙이 나를 가두라
유유히 흐르는 강물 속에는
장미 꽃잎 같은 비늘을 단 피라루쿠*
아름답지만 위험한 피라냐
각자의 세상을 유영하고
꿈틀거리는 전기뱀장어
순식간에 악어를 기절시키겠지
커다란 고무나무 아래에는
태양빛이 닿은 적 없는 그늘
제 숨소리마저 빨아들인 재규어가
척추를 출렁거리며 거닐겠지
마호가니 곁가지에는 제 무늬마저 감아 조이는
에메랄드빛 보아뱀
나에게는 해먹 하나만 허락하면 되느니
종일 바람의 이불을 덮고 누워
마코앵무의 노래를 틀어놓을 것이다
부디 종신형을 거두지 마라
나는 영원히 탈출을 꿈꾸지 않을 것이다

* 세상에서 제일 큰 민물고기.

자장가

별이 떨어지지 않도록

창문이 개울처럼 출렁이지 않도록

늑대가 심장에 들어서지 않도록

머릿속에 코일이 엉키지 않도록

애인의 꿈에 악마가 찾아가지 않도록

우리들의 달이 썩지 않도록

달링, 눈을 감아요 울음을 그쳐요

해설

어떤 어둠을 이해하고자 하는 안간힘

황예인(평론가)

사람들이 거의 본능적으로 반응하는 대부분의 이야기는 결국 빛과 어둠에 관한 것이 아닐까. 이즈음엔 유독 이런 생각이 자주 찾아온다. 사람들은 자신이 발 딛고 서 있는 곳이 어둠이라고 여기는 듯하다. 그리고 걸음을 옮겨 밝은 데를 찾아다니는 과정이 곧 꿈을 꾸며 혹은 희망을 품은 채 살아가는 일이라고 믿는 것 같다. 아니 그렇다기보다는, 어쩔 수 없이 두 발은 어둠의 경계 안을 맴돌지만 두 눈이 바라보는 곳만이라도 환하게 빛나고 있길, 하는 그런 삶.

김개미의 시집을 읽는 동안 내내 빛과 어둠에 관한 비유를 떠올린 것은 아물지 않는 상처를 맞댄 채 잠들려 애쓰는, 그러나 결코 죽지는 않는 이들의 노래들이 담겨 있기 때문만은 아니다. 이것을 서로 다른 두 개의 웅덩이 때문이라고 하자.

 나한테 침과 담배꽁초
 들끓는 모기떼뿐이라고?

 얼굴 말고 가슴을 봐
 난, 별을 껴안고 있어

　　　　　　　　　—「웅덩이」(『어이없는 놈』) 전문

저기, 덤프트럭이 오는군요

순식간에 제가 납작해지겠군요
아니 잠깐 없어지겠군요
하지만 걱정하지 마세요
괜찮습니다, 늘 있는 일입니다
잠시 죽었다가 깨어나면 그뿐
나는 피 흘릴 줄 모릅니다
아파할 줄 모릅니다

—「해맑은 웅덩이」 부분

　하나의 웅덩이는 아이의 세계 안에 패어 있는 것이다. 행
인들이 내던지고 간 오물들, 그 안에서 태어난 해충들이 존
재를 메우고 있는 것처럼 보이지만, 웅덩이는 단호하게 말
한다. 폭력 속에서도 아름다운 어떤 것은 솟아나는 법이라
고. 이를테면 세계 안에 주어진 성장 조건에 굴하지 않는 절
대적인 무언가로서의 '별'이라고 하면 어떨까. 이 목소리를
듣는 이들은 아마 용기라는 것을 얻게 될 것이다.
　또하나의 웅덩이는 성인의 세계 안에 패어 있는 것이다.
곧 어떤 사건의 무게에 짓눌릴 텐데, 이것을 지켜보는 당신
은 틀림없이 놀랄 테지만 늘상 벌어지는 일일 뿐, 웅덩이는
대수롭지 않다는 듯 말한다. 전혀 고통스럽지 않다고. 그저
저 세계에는 있는 '별'이 이 세계 안에 없을 뿐인데 이 웅덩
이는 앞의 웅덩이와 좀 다르게 느껴진다. 태연한 음성을 어

쩐지 신뢰할 수가 없다. 그러니 이 목소리를 듣는 이는 여러 겹으로 접힌 마음의 층을 헤아리며 어떤 날의 경험을 떠올리게 될지도 모른다. 괜찮다고 말할 때 실은 전혀 괜찮지 않았던 어떤 시간을 말이다.

별을 품은 웅덩이와 수시로 납작해지는 웅덩이. 요컨대 한 시인이 동시와 시를 모두 쓴다는 것. 김개미는 2005년 『시와 반시』로 작품 활동을 시작하여 2008년 첫 시집 『앵무새 재우기』를 출간했다. 이때까지 그녀는 '김산옥'이라는 본명으로 활동했으며 '간호장교 출신'의 '감각적인 이미지스트'라는 평가를 받았다. '김개미'라는 필명은 2010년 『창비어린이』에 동시를 발표하면서 사용되었고, 2013년 제1회 문학동네 동시문학상에 『어이없는 놈』으로 대상을 받으며 좀더 널리 알려지기 시작했다. 이 필명은 어린 시절 친구들로부터 비롯되었는데 그녀의 설명에 따르면 지극히 소박하고 단순한 의도가 담긴 이름이다. "수줍음이 많아서 말을 거의 안 했어요. (……) 그래도 친구들이 좋았어요. 놀리고 무시하고 그러지는 않았거든요. 대신 별명을 지어줬어요. '개미'라고. (……) 어린이들은 별명 부르는 걸 좋아하잖아요? 그래서 별명을 필명으로 써봤어요."(반디앤루니스 인터뷰, http://bandinbook.tistory.com/2591)

아주 조그맣지만 존재감만은 분명했던 친구에게 아이들은 개미라는 별명을 붙여주었던 것일까. 그들이 불러준 별명을 필명으로 삼고 그녀는 동시를 쓴다. 그리고 이 이름을

유지하며 쓴 시들을 묶은 것이 바로『자면서도 다 듣는 애인
아』이다. 이것이 한 개인에게는 팔 년 전 출간한『앵무새 재
우기』에 이은 두번째 시집이지만, '김개미'에게는 첫 시집
이 된다. 김개미의 첫 동시집『어이없는 놈』, 그리고 김개미
의 첫 시집『자면서도 다 듣는 애인아』. 나란한 이 두 권의
시집이 각각 빛과 어둠처럼 느껴지는 까닭은 아이와 어른을
향한 끈질긴 편견으로부터 비롯하는 것일지도 모르겠다. 아
이들에게 어떻게 어둠이 없을 수 있겠는가. 다만 이를 '별'
의 상실로 설명해보자.

*

그날
마당에서 주전자가 굴렀어
천장에서 그림자가 춤췄어
숨차지 않았어

(……)

그날
아빠 눈알이 뱅글뱅글 돌았어
엄마가 눈물 속으로 도망쳤어
나를 데려가지 않았어

그날
들깨밭에서 목침을 주웠어
도랑에서 시계를 건졌어
고장나지 않았어

그날
치마가 찢어졌어
발등에 감자만한 혹이 났어
아프지 않았어

그날
할머니가 문지방에 앉아 졸았어
이웃 사람이 입을 벌리고 있었어
아무 말도 하지 않았어

그날
내가 쥐고 있던 별이 죽었어
내 손가락을 잘랐어
아무도 몰랐어

—「그 밤」부분

하나의 웅덩이에는 있고, 다른 하나의 웅덩이에서는 사라진 별. 이 '별'을 영영 잃어버리고 만 날의 이야기가 바로 첫 시집에 담겨 있다. 중심을 잃고 뒹구는 물체와 격렬하게 엉키는 그림자로써만 간신히 이야기되는 폭력의 현장. 그곳에 자신이 없기를 간절히 바라지만 결코 벗어날 수는 없기에, 아이는 핵심을 비켜선 일부의 장면을 통해 상황을 설명할 뿐이다. 그런데 아이는 폭력으로 인한 상처에 아파하는 것 같지는 않다. 아이에게 정말로 고통을 안겨주는 것은 그럼에도 불구하고 멈추지 않고 흘러가는 시간의 가혹함을 확인하는 일. 또한 아무 일도 일어나지 않은 것처럼 무감하게 제자리를 지키고 있는 어른들을 지켜보는 일이다. 바로 이 순간 아이는 별의 죽음을 선명한 목소리로 선언한다. 이제 아이의 세계는 더이상 지속되지 못하리란 분명한 자각과 함께.

『자면서도 다 듣는 애인아』에는 "싫어 싫어, 거긴 싫어/이불 밑의 엄마는 하나도 안 궁금해/죽었으면 어쩌려고 자꾸 나보고 보래?"(「즐거운 청소」), "엄마는 네가 아기여도 우리보다 너를 더 미워해. 우리가 나쁜 짓을 해도 너를 더 미워해. 그러니 바위 안에 잠든 네 언니를 불러보렴. 언니들이 바위 밑에 나를 밀어넣고 뒤도 안 돌아보고 뛰어간다"(「바위틈의 언니」), "예상하셨겠지만 우리는 이제 괄호가 무섭지 않습니다. 좋아하는 숫자를 써넣은 다음 구름과 풍선이 둥둥 떠다니는 머리통을 감싸쥐고 신음하기만 하면 되니까요"(「무료한 아이들」) 등과 같이 아이의 음성으로 이루어진 시들이 여러 편 수록돼 있다. 이 아이들은 감당하기 어려운 잔혹한 에피소드를 감정적 동요 없이 태연한 태도로 전달하고 있다. 이 때문에 이 시들은 어른의 상상을 훌쩍 뛰어넘는, 진짜 아이들의 모습을 포착해낸 작품처럼 보일 지경이다.

이미 『어이없는 놈』을 통해, 어른이 애써 상상해낸 아이가 아니라, 아이보다 더 아이다운 목소리를 갖고 있는 듯하다는 평가를 받은 그녀다. 이에 대해 그녀는 "이상하게 들릴지 모르겠는데요. 저는 제가 어른이라고 생각하지 않아요. 저는 어른이면서 동시에 아이이고 또한 노인이라고 생각해요. 어린이 목소리를 획득하기 위해서 특별히 노력하거나 그러지는 않아요"(반디앤루니스 인터뷰)라고 답한 바 있다. 과연 이 시들은 동시의 입구에 서서 진짜 아이다운 것이 무엇인지 물으며 그 경계를 교란하는 작품들처럼 읽히기도 한다.

하지만 『자면서도 다 듣는 애인아』에 담긴 아이의 음성은 '별'이 없는 웅덩이처럼, 『어이없는 놈』의 그것과는 결정적으로 다르다. 어른에 대한 믿음을 회수한 채 이제부터 어떤 보호막도 없이 세계를 맨살로 맞닥뜨려야 함을 자각한 자의 것이기 때문이다. 이제 궁금한 것은 그다음에 펼쳐질 시간이다. 그간 가려져 있던 세계의 민낯을 생생하게 목격한 아이가 살게 될 이후의 시간. 민낯을 이해하고 대응하며 한 뼘 자라거나, 민낯을 거부하고 외면하며 더 낮은 쪽으로 흘

러드는 것······ 그런데' 김개미의 시들이 그리는 궤적은 우리
에게 친숙한 성장의 드라마와는 좀 다른 것 같다. 어느 쪽으
로든 나아가려는 의지보다는 그저 어둠 안에 머물러 있고자
하는 힘이 더 강력하게 발휘되고 있기 때문이다.

*

　빛과 어둠. 기쁨과 슬픔. 희망과 절망. 삶과 죽음······ 상
투적인, 그러나 그만큼 힘이 센 비유에 익숙해진 탓일까. 언
젠가부터 문학을 읽는 일은 그간 학습해왔던 비유를 흩뜨
리고 다시 배워나가야 하는 과정처럼 느껴진다. 그걸 알고
있으면서도 이러한 화자를 받아들이기란 쉽지가 않다. 그
가 어둠을 원하는 까닭은 빛을 찾지 못하리란 비관적인 세
계관을 가지고 있기 때문이라고, 혹은 진짜 빛을 경험한 적
이 없어서 두려워하는 것일 뿐이라고 결론짓고 그의 옷자락
을 끌고 황급히 어둠 밖으로 나가고 싶어진다. 어쩌면 누구
에게나 『자면서도 다 듣는 애인아』를 읽는 일은 그러한 마
음과의 싸움의 연속일 것이다. 하지만 쉽게 책장을 덮을 수
없는 이유는 한사코 어두운 곳으로 숨어들려는 태도가 상
투성을 계속해서 찌르고 있는 듯한 느낌 때문이다. 한사코,
그 죽기로 기를 쓰는 힘 말이다.
　"그늘에 있어도 눈동자가 쪼개질 것 같아. 왜 태양은 면도
칼을 들고 나를 찾아다니나"(「덤불 속의 목소리」), "단추알

만한 까치의 눈 속에서 번뜩이는 건 그래, 벌레 같은 여름 태
양이야. (……) 태양을 떨어뜨리고 싶어"(「너보다 조금 먼
저 일어나 앉아」), "변함없는 태양이 무서워 지옥 같은 방에
서 도망치지 못한다"(「검은 결혼」), "햇빛을 따돌리기 위해
잠을 청해요/밝은 건 무섭거든요"(「봄날은 평온하고」), "오
늘도돼지살점같은햇빛이/꼬챙이로머리를쑤십니다"(「어둠
속의매장」)와 같이 빛을 두려워하는 감정은 물론, 이로부
터 한참 나아가 빛에 대한 혐오까지 품고 있는 화자를 만난
다면, 어떤 이라도 수월하게 빛을 옹호하기란 어려울 것이
다. 대체 무엇이 이런 감정을 만들어내는 것일까. 어둠이 짙
으면 빛을 찾아내려는 힘 또한 세지는 것처럼, 상투성을 건
드리는 시를 만나면 그것을 통해 이해해보려는 안간힘이 발
생하는 것일까. 비유로서의 어둠을 원래의 무언가로 대체하
여 좀더 편하게 이해하려는 태도가 실패하리라는 것, 그것
이 문학을 읽을 때마다 만나는 함정임을 알면서도 결국 또
빠져들고 만다.

　　빠진 발톱이 자라지 않았다. 상처가 낫지 않았으므로 배
고프지 않았다. 서로의 부리에 급소를 물리고 행복한 우
리들. 어둠은 상처를 덮는 완벽한 거즈였다. 따뜻한 맥박
이 우리를 지켜주었다. 우리는 물 한 방울 없는 가슴 밑바
닥에 서로의 이름을 심었다.
　　(……)

우리 둘이 함께 있으면 아무리 추워도 얼음이 들어오지
않아. 그러니 꽃이 필 때까지 자도록 하자. 우리는 불을
켜지 않았다. 눈을 뜨면 어떤 괴물이 기다리고 있을까. 우
리는 누구의 두개골에 고인 백일몽일까. 봄이 올 때까지
문을 열지 않았다.

　　—「봉인된, 곳」 부분

　상처를 안고 어둠 속으로 숨어든 한 쌍의 새가 있다. "봉
인된, 곳"이라는 제목이 암시하고 있는 것처럼 이 공간 안에
서 시간은 멈추어 서버린 것 같다. 상처는 아물지도 그렇다
고 상하지도 않으며 달리 먹는 것이 없음에도 허기가 찾아
오지 않는다. 그렇다고 모든 것이 완전히 정지해버린 것은
아님을 증명하는 것은 뛰는 맥박이다. 그 운동이 만들어내
는 온기를 품고서 포개어 누운 새들은 지금 잠을 청하고 있
다. 그들은 불을 켜 이 어둠을 몰아낼 수도 있지만 그렇게 하
지 않기로 한다. 밝아졌을 때 드러날 세계의 얼굴 때문이다.
　안락하게 느껴지기까지 하는, 자발적으로 처한 어둠. 이
이상한 공간 안에서 상처는 영영 치유되지 않을 것이다. 또
한 봄이 올 때까지 문을 열지 않았다고 했으니 시간이 멈춰
버린 방 안에서 새들은 오래도록 잠들어 있을 것이다. 흐르
지 않는 시간과 열리지 않는 문. 그리고 그 어두운 방 안에
서의 영원한 잠. 이것은 낯익은 죽음의 이미지가 아닌가?

그렇다면 이렇게 이 노래를 죽음에 대한 열망으로 이해해
도 괜찮을까.

이어서 시 한 편을 더 읽자. "떡갈나무 아래 떨어졌어요/
몸이 머리통을 팽개쳤고요/이마에서 소용돌이가 치고/나뭇
잎이 까맣게 타들어가요/(……)/내가 막 태어난 강아지 같
겠죠?/그런데 나는 왜 행복할까요?/당신이 무료한 눈동자
에 불을 붙이고/미친 듯이 숲을 뒤질 거란 생각을 하니/기
뻐서 죽어가는 줄도 모르겠군요"(「실족」). 이 시는 우연한
사고로 죽어가는 순간에 놓인 화자의 목소리로 돼 있다. 낙
상하여 서서히 정신을 잃어가고 있는 것처럼 보이는 이 화
자는 죽음을 목전에 두었을 때에야 비로소 감각되는 풍경을
무척 차분한 어조로 들려주고 있다. 죽는다는 사실을 전혀
두려워하지 않는 듯 편안한 태도마저 느껴지기에 얼핏 그가
죽음을 간절히 원하고 있었던 것은 아닌가 싶기도 하다. 그
러나 '죽고 싶다는 것'과 '죽고 싶다, 고 말하는 것'이 결코
같지 않은 것처럼, 그렇게 결론을 내리기 전에 먼저 그가 보
여주는 태도를 좀더 세심하게 관찰할 필요가 있다.

시에는 돌연 음성이 고조되는 듯이 느껴지는 부분이 있
다. 점점 몸에서 피가 빠져나가면서 어지럼증이 몰려오는
과정을 담담하게 들려주던 화자가 피투성이가 된 자신의 육
체를 갓 태어난 강아지에 비유하는 곳에서부터다. 죽어가다
가 느닷없이 생기라도 생겨난 듯, 화자는 명징하게 물음표
를 찍으며 여기 있지도 않은 누군가를 떠올린다. 그러곤 자

신이 떨어져 죽은지도 모른 채 애타게 찾아 헤맬 어떤 이를 상상하며 기쁨마저 느낀다. 그런데 화자는 정확히 어떤 것에 기뻐하는 것일까? 「실족」을 있게 한 시처럼 보이는 작품 「나무 위의 아이」를 곁에 놓아보면 그 답이 흐릿하게나마 보일 듯하다.

「나무 위의 아이」는 나무 위에 올라 자신이 떠나온 집을 내려다보며 읊조리는 아이의 이야기로 시작한다. "저긴 악마의 서식지야/어제 잡아먹은 아이를 오늘 또 잡아먹는 악마가 살아// (······) 어둠은 무섭지 않아/언젠가는 나를 받아줄 거야/여기서 뚝 떨어져도 아무렇지도 않은 날이 올 거야". 여기까지만 본다면, 자신을 다리 밑에서 주워온 아이로 여기고 계모에게 구박을 받는다고 생각하는 아이의 이야기처럼 친숙하다. 어떤 사건으로 서러운 감정을 느낀 아이가 집에서 나와 부모 중 한쪽을 악마로 부르면서 현실의 고통을 상상으로 변환시켜 이겨내려는 노력처럼 보이는 것이다.

그러나 아이의 말이 끝나자마자, 나무 위의 아이와 아이가 떠나온 집을 모두 바라볼 수 있는 위치에 서 있는 듯한 화자가 등장해 이렇게 받는다. "악마의 아내가 문을 열고 나와/아이를 찾는다". 철저히 아이의 편에 선 화자 덕분에 머릿속 작은 상상에 불과했던 소박한 이야기는 그 밖으로 나와 진짜 현실이 되어버린다. 아이는 화자와 마찬가지로 자신을 찾으러 집밖으로 나오는 악마의 아내-엄마를 보았을 것이다. 그러므로 "더 기다릴 거야/여긴 춥고 외롭지만/아무도 본 적 없는 아름다운 천사들을 만날 수 있어"라고 말할 수 있게 된다. 틀림없이 자신을 찾아줄 사람이 있다고 믿기에 긴 기다림을 지속할 수 있는 것이다.

이렇게 읽고 나면, 비로소 「실족」은 아이의 곁에 바싹 붙어 서 있던 화자가 이야기 밖으로 빠지고 난 뒤의 이야기, 「나무 위의 아이」의 또다른 버전처럼 보인다. 김개미의 독특한 점이 바로 여기에 있는지도 모르겠다. 아이가 원망하는 한편 내심 기다리던 이를 만나게 해주는 대신 김개미는 아이를 나무 위에서 떨어지도록 만든다. 죽음이 끝임을 모르는 미성숙한 아이는 이 일을 애정을 확인하기 위한 수단으로 사용하는 것처럼 보인다. 그러나 정확하게 이야기하자면 죽음을 원하는 것이 아니라 죽음을 가정함으로써 얻게 되는 어떤 결과를 열망하는 것이라고 할 수 있다. 그 열망이 너무도 강렬하여 결국 죽음에 이르게 되었으나, 열망의 대상이 죽음이 아닌 것만은 분명하다.

그러니 다시 처음의 질문으로 돌아오자. "흐르지 않는 시간과 열리지 않는 문. 그리고 그 어두운 방 안에서의 영원한 잠"은 죽음이 아니라고 말하자. 어둠 중에서도 가장 깊은 어둠일 죽음에 대한 시인의 생각을 '나무 위의 아이'가 짐작할 수 있도록 해주기 때문이다. 그렇다면 이제 『자면서도 다 듣는 애인아』를 읽으며 할 수 있는 일은 이 어둠의 독특한 속성들을 찾아내 기록해두는 일일 것이다. 한 시인이 집요하게 반복하며 그려낸 그만의 독특한 어둠의 무늬를 우리가 배워온 어둠의 이미지들로부터 분리시켜 더 선명하게 만 드는 일. 때로는 그게 읽는 일의 전부인 것 같다.

*

제목을 아예 "1人의 방"으로 하고, "발자국 소리만 빨아 먹고 살아도/배가 부르거든요/이걸 얘기해야 하나?/사실 나는 그림자의 애인이에요/종일 내 그림자에 안겨 살아요" 라고 노래하는 작품이 있기는 하지만, 『자면서도 다 듣는 애 인아』에서 반복하여 나타나는 이미지는 태양을 피해 어두운 방 안으로 숨어든 한 쌍의 커플들이다. "우리는 가장 낮은 밑바닥에서 겨울을 나는 포유류. 선이 벗겨진 코드를 꽂으 며 심장에 화상을 입었다. 우리는 그림자에도 심장이 있었 다."(「네 개의 심장」), "머릿속의 개를 깨우지 않기 위해/어 둠의 가지에 도사리고 앉은 우리는/한 쌍의 검은 유령"(「야 행성」), "아무도 우리를 찾지 못해/뭐 하는지도 몰라/내가 너를 먹어도/네가 나를 죽여도"(「높은 옥수수밭」), "저 안 은 너무 캄캄하고 좁아서 시간이 존재하지 않아. 우리는 안 고 있기만 하면 돼."(「공이 떨어진 정원」) 등 어둠 속에 함 께 잠겨 있는 한 쌍의 존재를 마주치기란 그다지 어려운 일 이 아니다. 앞에서 살펴보았던 「봉인된, 곳」에서 우리는 이 미 한 쌍의 새를 만나고 온 참이다. 그리고 여기 「너보다 조 금 먼저 일어나 앉아」에서 그것은 한 쌍의 열매로 등장한다.

자면서도 다 듣는 애인아. 우린 썩은 이마를 맞대고 살아온 거야. 날개라고 알고 있었지만 등뒤에서 나온 건 새싹이었어. 그러니까 우린 열매였던 거지. 더 썩을 일도 없이 썩은…… 혹시 넌 곰팡이를 키우면서도 누군가를 기다리니? 나 아닌 누군가를?

(……)

꿈에서라도 지붕을 뚫고 떠나. 썩은 생각만을 감싸는 두피 따위는 벌레에게나 떼어줘버려. 외로움이 길면 면도날이 없어도 스스로를 해체하는 날이 와. 그러니 애인아, 엎드려 신께 경배하자. 드디어 우린 상처 없이 함께할 수 있게 됐어. 할렐루야.

—「너보다 조금 먼저 일어나 앉아」 부분

발췌한 부분에는 빠져 있지만, "난 아침이면 이런 생각을 해. 이마에서 수십 개의 뿔이 돋아도 즐겁다, 즐거워야 한다, 뭐 이런……" "거울을 빠개는 태양. 뽑지 않아도 저절로 눈알이 녹을 거야. 태양을 떨어뜨리고 싶어"와 같이 여느 시에서와 마찬가지로 화자는 빛에 대한 거부감을 드러내고 있다. 제목이 말해주는 바와 같이 화자는 잠에서 먼저 깨어나

여전히 잠들어 있는 애인에게 이야기를 건네고 있는데, 그것은 자신의 정체에 대한 깨달음에 관한 것이다. 빛을 받지 못하고 어둠 속에서 썩어가던 그는 등뒤에 돋은 것이 날개가 아니라 싹이었음을 알게 된다.

「봉인된, 곳」에서 날개를 접고 웅크리고 있던 새들의 이야기가 이 시로 계속 이어지고 있는 것일까? 영원한 잠을 청하던 새들은 한쪽이 먼저 깨어버려 실은 새가 아니었음을 알게 된 열매의 이야기로 변형돼 있다. 하지만, 열매 안에 든 씨앗이 발아하여 어둠을 뚫고 문밖으로 나가는 일은 벌어지지 않을 것 같다. 이 열매는 빛을 거부하고 있는데다가 상할 대로 상한 나머지 잉태할 힘을 잃어버린 상태이기 때문이다.

둥근 열매의 이미지를 공유하고 있는 또다른 시 한 편이 이 열매의 속성을 이해하는 데 도움을 줄 수 있을 것 같다. "우리 둘이 하나의 공이 되면 별이 빠져나간 구멍으로 들어갈 수 있을 거야. 나는 너를 기어오르고 너는 나를 기어오르고. 아니, 나는 너에게 깔리고 너는 나에게 깔리면 밤마다 비명이 올라오는 저 불길한 구멍을 틀어막을 수 있을 거야. (……) 자, 손가락에서 뿌리가 나오도록 나를 꽉 껴안아. 이대로 온몸으로 전진하는 거야."(「공이 떨어진 정원」) 얼핏 땅속의 씨앗이 암흑을 뚫고 힘겹게 세상 위로 올라오는 과정을 다소 어두운 동화풍으로 그려낸 시 같다. 빛을 피해 어둠 속으로 숨어들고 그 안에서 잠들고자 애쓰는 커플이 등

장하는 대부분의 시와 달리, 여기에서는 드물게도 적극적인 운동성마저 느껴진다. 과연 이 시의 화자는 '온몸으로 전진하여' 어디론가 이동하고자 한다. 그런데 그곳은 어디인가.

어둠 속에서 불리고 있는 노래라 그렇겠지만, 이 운동이 그리는 궤적을 눈으로 확인하는 일은 쉽지 않다. 어떤 구멍을 향하고 있는 것임엔 틀림없는데, 그 구멍이 다른 세계로 안내하는 역할을 맡은 문인지, 또 그 지향에 문을 통과하여 이 세계를 빠져나가고자 하는 의지가 담겨 있는 것인지는 좀더 확인이 필요하다. 여기에서 만나게 되는 것은 '별', 이 별이 사라져버린 통로로서의 구멍이다. 그러므로 화자가 '구멍으로 들어가는 일'을 '구멍을 틀어막는 일'로 그 의미를 한정하여 다시금 서술하고 있는 것은 어둠 속에서 한시 빨리 빠져나가고 싶은 우리의 바람을 좌절시키기는 하나, 시집의 맥락상 오히려 자연스럽다.

그러니까 이 이야기는 싹이 올라오는 과정을 담아낸 동화풍의 시가 아니라 빛을 향해 열릴지도 모르는 문을 어둠 안에서 단단히 걸어 잠그려는 이야기로 이해해야 할 것 같다. 시에서 느껴지는 적극적인 운동성은 발아하지 않으려는 씨앗의 안간힘일 것이다. 이 씨앗을 바로 「공이 떨어진 정원」과 「너보다 조금 먼저 일어나 앉아」의 열매들이 품고 있다. 김개미는 이 열매들을 통해 무엇을 낳지도 않고, 무엇으로 향하지도 않는, 어둠 그 자체를 향한 절대적인 이끌림을 그려낸다.

이제 한 쌍의 새에서 열매로, 그리고 다시 곤충으로 변형되어 어둠 안에 고여 있는 화자의 노래 「검은 결혼」을 마저 읽자.

당신의 머리카락이 내 머리카락을 끌고 구석으로 가 오래도록 떨어지지 않는다. 지상으로 난 유일한 창문에는 커튼이 드리워져 있다. 우리는 작은 방에 엎드려 퉁퉁 부은 관절에서 흘러나오는 반도네온 소리를 듣는다. 우리는 숨소리조차 안으로 집어넣은 한 쌍의 검은 곤충. 동그란 눈동자를 물려받았다. 잠이 들 때까지 찢어진 날개를 깔고 누워 우리가 하는 일은 눈동자를 달그락거리는 일. 다리를 떠는 일. 죽음보다 무서운 악몽을 털어내는 일.
(……) 우리는 스스로 방안에 약을 놓는다. 거품을 토하며 살아 있음을 증명한다. 우리의 죄는 맹독의 사랑. 썩은 해바라기 씨앗을 까먹고 서로를 파고든다. 변함없는 태양이 무서워 지옥 같은 방에서 도망치지 못한다. 우리는 마약 없이 환각에 빠지는 존재. 벽에 건 적 없는 추억이란 액자 뒤에서 일그러진 환상을 토하며 산다.

—「검은 결혼」부분

이 시에서도 어둠은 한 쌍의 커플의 것으로,「봉인된, 곳」과「너보다 조금 먼저 일어나 앉아」를 거쳐 최종적으로 도달

한 지점처럼 보인다. 커플들이 간절히 원하던 '어둠 안에서의 영원한 잠'이 의미하는 바가 무엇인지 분명히 알고, 또한 가장 적극적으로 이뤄내고자 하기 때문이다. 「봉인된, 곳」이 빛을 피해 어둠 속으로 찾아들고, 몸을 누이고, 문을 열지 않는, 완만한 지향을 드러내고 있다면, 「너보다 조금 먼저 일어나 앉아」는 그 지향에 도달하지 못한 채 깨어나 읊조리는 화자의 날이 선 음성으로 돼 있다고 할 수 있다. 이때 새와 열매, 두 커플들은 잠들기만을 원할 뿐 그 잠이 무엇을 위한 것인지는 잘 모르는 상태에 있는 듯하다. 그리고 이 때문인지 잠에의 갈망이 집요하게 드러나 있으면서도 그다지 절박해 보이지는 않는 것 같다.

이들과 비교해보았을 때 「검은 결혼」은 앞에서 살펴보았던 「실족」의 생기가 환기될 정도로 에너지가 충만하다. 기다리던 이를 만나기 위해 부러 나무에서 떨어진 것처럼 보일 만큼, 죽어가며 희열을 느끼던 화자의 음성 말이다. 그 화자처럼, 이 한 쌍의 곤충은 죽음에는 미만하지만 언제나 바로 밑 최대의 지점까지는 가도록 애쓰며, 이로부터 벌어지는 사건을 충분히 즐기고 있는 것처럼 보인다. 「실족」의 화자처럼 이 곤충들이 '죽고 싶다, 고 말하는 것'을 통해 눈앞에 데려오고자 하는 대상이 무엇인지는 추측하기 어렵지만 한사코 어둠 안에 머무르려는 힘만은 대단하여 결국 물들고 만다.

다시 맨 처음의 빛과 어둠에 대한 이야기로 돌아온다. 짙

음의 정도, 미세한 결의 차이, 번지고 물들이는 힘, 혹은 최초로 발생하거나 증폭하는 조건…… 등 묘사되는 어둠의 상황이 자세할수록 그 안에서 빛을 찾아내려는 의지 또한 강력해지기 마련이다. 그러나 애초에 기대했던 바와 달리 아주 약간의 빛조차도 발견해낼 수 없을 때, 우리가 마침내 깨닫게 되는 것은 어쩌면 이런 것일 테다. 빛을 찾아 헤매던 과정이란 결국 어둠에 익숙해지는 시간이기도 했다는 사실 말이다.

어둠에 익숙해진다는 것.

김개미의 어둠에 새겨진 독특한 무늬, '혼자'가 아니라 누군가와 '함께' 있다는 것. 삶은 오직 '나'를 관통해서만 발생하므로 그것은 어디까지나 나만의 어둠일 뿐이다. 내가 나를 벗어나는 일은 가능하지 않기에, 그 하는 수 없음에 기대어 우리는 각자에게 드리워진 어둠의 시간을 살아내는 수밖에 없다. 그렇다면, '나'의 것이 아닌 '누군가'의 어둠에 익숙해진다는 것은 어떤 것일까. 마음만 먹는다면 나는 언제든 그의 어둠 속으로 들어가 그가 결코 벗어나지 못하는 어둠을 함께 경험할 수 있을 것이다. 그런데 빛을 찾을 때까지, 어쩌면 거의 전 생애에 걸쳐 함께 머물기란, 그리하여 마침내 누군가의 어둠에 익숙해지는 일이란 가능한 것일까.

뒤늦게 궁금해지는 것. 커플 중 한쪽만이 깨어나 이야기를 하고 있다는 사실. 한 쌍의 커플이 머무는 어둠을 만들어냈으되, 그중 한쪽에게만 목소리를 주었다는 것. 어쩌면 그

옆자리는 내내 비어 있었던 것이 아닐까 싶은 조심스러운
의심. 결국, 시집을 읽으며 어둠을 이해하고자, 그런 방식으
로 어둠을 빛으로 밝히고자 했던 시간 내내 그 빈자리를 맴
돌았던 것은 아니었을까 하는 생각에 빠지고 만다.

김개미 2005년『시와 반시』에 시를, 2010년『창비어린이』에 동시를 발표하며 등단했다. 시집『앵무새 재우기』, 동시집『커다란 빵 생각』『어이없는 놈』『쉬는 시간에 똥 싸기 싫어』『레고 나라의 여왕』『오줌이 온다』등을 냈다. 제1회 문학동네 동시문학상, 제1회 권태응 문학상을 받았다.

문학동네시인선 091
자면서도 다 듣는 애인아
ⓒ 김개미 2017

1판 1쇄 2017년 2월 28일
1판 8쇄 2024년 2월 8일

지은이 | 김개미
책임편집 | 김민정
편집 | 김필균 김영수
디자인 | 수류산방(樹流山房)
본문 디자인 | 유현아
마케팅 | 정민호 서지화 한민아 이민경 안남영 왕지경 황승현 김혜원 김하연
　　　　김예진
브랜딩 | 함유지 함근아 고보미 박민재 김희숙 박다솔 조다현 정승민 배진성
제작 | 강신은 김동욱 이순호
제작처 | 영신사

펴낸곳 | (주)문학동네
펴낸이 | 김소영
출판등록 | 1993년 10월 22일 제2003-000045호
주소 | 10881 경기도 파주시 회동길 210
전자우편 | editor@munhak.com
대표전화 | 031) 955-8888 팩스 | 031) 955-8855
문의전화 | 031) 955-3576(마케팅), 031) 955-2679(편집)
문학동네카페 | http://cafe.naver.com/mhdn
인스타그램 | @munhakdongne 트위터 | @munhakdongne
북클럽문학동네 | http://bookclubmunhak.com

ISBN 978-89-546-4460-0 03810

www.munhak.com

문학동네